たまさか人形堂それから

津原泰水

人形を売買するだけの自分に、ものを作る人々にのしかかる重圧は永久にわからない――スランプに陥った店の職人・冨永の言葉に傷つきながらも、せめて創作の一端に触れようと、老舗の人形店が開く教室に通い始めた玉阪人形堂の新人店主・澪。店にやってくる様々な顧客が持ち込む謎、そして人々との対話を通して、彼女は日々、人形に向き合う。少女たちが夢中になった国民的着せ替えドールを巡る騒動、髪が伸びる市松人形に隠された胸を打つ物語。当代きっての短篇の名手が贈る、『たまさか人形堂ものがたり』に続く珠玉のミステリ連作集。書き下ろし「戯曲　まさかの人形館」を収める。

たまさか人形堂それから

津　原　泰　水

創元推理文庫

AND THEN IN TAMASAKA DOLL HOSPITAL

by

Yasumi Tsuhara

2013

目次

たまさか人形堂それから

一　香山《かやま》リカと申します

「これぱっかりは無理。わるいけど澪《みお》さん、電話してそう伝えて」

きっぱりと冨永《とみなが》くんから人形を突き返された私は、なんだか自分自身が拒絶されたように感じた。

「なぜ？　これまでどんな量産品でも、あんなに器用に――」

「どこか裂けたとか元の彩色が剝げたとか、せめて髪が抜けたとかだったら、対処の考えようがあるんだけど、この種の素材に油性のマーカーは、本当に鬼門なんだ。浸透しちゃってて、どう足搔《あが》いてもクリーニングできない。現状のまま可愛がるか、新しいのを買ってあげてください、と親御さんに伝えて」

「そういうものなの？」

「そういうものなの。こうもヘッドのど真ん中じゃあ、髪や衣装で誤魔化すこともできないし、無理なものは無理」

まだ新品に近い、リカちゃん人形だった。持ち主は五歳の女の子。

「ふざけて、娘に口紅を塗ってやったことがあるんですよ。それが嬉しかったみたいで、今度は自分がリカちゃんにこう——」年若い母親はそう私に事情を説明して、このパーティドレス姿のリカちゃんを店に預けていった。

以前、自分のビスク人形にまつわる相談に訪れた人だが、費用面での折合いがつかず、話は未だ宙に浮いたままだ。だから、今度こそは、と勇《いさ》んで預かった。この種の人形担当の冨永くんは例によって、フルコースでも楽しんでるんじゃないかという、長い長い食事休憩の最中だった。

彼の見立てどおり、女の子が口紅として使ったのは赤い油性マーカー。五歳児の手に握られたそんな道具で、リカちゃんのおちょぼ口にうまく紅がのせられるはずもなく、それこそ幼児がケチャップたっぷりのオムレツを食べている最中のように、頬や顎にまで盛大にはみ出している。

「冨永くんだったら、お茶の子さいさいだと思ったのに。だから私——」

「クリーニングできますって断言しちゃったの?」

「断言ってほどじゃないけど、まあその、前のめりな感じではあったかしら」

「あーあ、知らない。それ現行のリカちゃんだから、同じの買ってきて、はい綺麗になりましたって渡したら」

彼のその弁に私はたいそう愕《おどろ》いて、「よくそんな——冨永くん、人形を扱う職人のくせに、このリカちゃんに対して、なんだかちょっと、なんだかじゃない?」

「何語ですか。だったらそっちは澪《みお》さんが手許に置いて、大事にしてあげればいいじゃない。とにかくクリーニングは無理」と彼は云い放ち、木屑や綿《わた》がぱんぱんに詰まった袋をよけ、堆《うずたか》く積まれたモヘアやレーヨンの生地、小型のミシン、硝子《ガラス》の目玉やジョイントのパーツやリボンが整理された書類棚、裁縫箱、工具箱などが並んだ作業台へと戻っていった。

我らが玉阪《たまさか》人形堂の主力商品たる、小ぶりなテディベア——熊の縫いぐるみを作製するための、素材と道具の砦《とりで》だ。いったんあのなかに籠《こ》もられると、経営者とは名ばかりの私など、反論するどころかご機嫌をとるのも躊躇してしまう。

ましてや最近、彼の新作も売れている。

「これまで作ってきたのは熊さんだから、今度は八《はっ》つぁんね。落語で熊公は、必ず八公《はちこう》と一対でしょ」

先月だ。そう自分の言葉に笑いながら、目玉の付いた球体に、吸盤が刺繍された八本の肢がぶら下がった、なんとも捉えどころのない縫いぐるみを私に押し付けてきた。

蛸だった。

どうせ落語をふまえるのなら、そのまま八公——忠犬ハチ公でも作ってくれればよかったのに、と、そのときは思った。

ところが売れた。こんな代物で商売が成り立つものかどうか、どうぞ自分の目で——と彼に反省を促すつもりで店の窓辺に飾ったその試作品を、同じ夕刻、三人の男女が取り合ったのだ。

ひとりは女学生。よく店の前をうろついては窓越しに冨永くんの写真を撮っている、生粋《きっすい》の冨永マニア。彼が縫い上げたテディベアも、これまでに四、五体は買っていったと思う。

もうひとりは、水族館に勤めているという二十代の女性。魚介類の縫いぐるみは珍しいので、コレクションしているとか。

競《せ》り合おうとでもいうのか、ふたりとも店に居座ってしつこく価格を訊いてくる。まだ試作品ですから、と私がなんとか去《い》なそうとしているところに、三人めが現れた。

ブレザー姿の中年男性で、まだ日が暮れきっていないというのにアルコールの香りをまとっていた。「昼間、窓に飾ってあった、蛸の縫いぐるみ——ああ、よかった、まだ売れてなかった。それは一点ものですよね？　私に譲っていただけませんか。お幾らでなら可能でしょうか」

お酒や缶詰の輸入業者で、名前が八郎《はちろう》なのだそうだ。マスコットとしてオフィスに飾りたいとおっしゃる。

幸いにして冨永くんが店に居残っていた。試作品は女学生に、より蛸の特徴を反映させた製品第一号を水族館の女性に、ずっと大型にして社名を刺繍《ししゅう》した特注品を八郎さんに、と彼が采配して、それぞれに納得してもらった。

「どう？　八つぁんの威力」

お客たちを送り出し、得意気に振り返った冨永くんに、私は返す言葉がなかった。年齢の話は面白くないから遠回しに云うと、冨永くんと私は干支《えと》が同じだ。あまり遠回しでもなかった。

ともかく大学を出たばかりのこの不遜《ふそん》きわまりない青年に、私が強い態度で出られない理由として、まずこういった彼の人形に対する天才的な才覚があげられる。

もともと私の祖父母の店だ。歴史はあるが、私に贈与された時点では、雛人形もフランス人形もごちゃ混ぜに置いて、そういった商品ごと時代に取り残された、煤《すす》けた小売店に過ぎなかった。そこにオリジナルの縫いぐるみや既製品の修復という新機軸を持ち込んで活気づかせた、最初の立役者が冨永くんである。

「澪さん」

と背から呼びかけられ、

「はい」と、まるで新人ＯＬみたいに立ち上がる私。

「代えがきかない人形もあれば、代えがきく人形もある。長期間にわたって代えをきかせるための企業努力を、一点ものをやってる僕らが軽視しちゃいけないって、最近よく思うんだ。人形個々の価値や役割を決めるのは持ち主。僕らじゃない」

自分の無骨な机の上に坐らせた、口紅がはみ出したリカちゃんを、私は改めてまじまじと眺めた。「――私が持ってたのと、顔が違う」

「澪さんの世代だったら、二代目か三代目でしょう。それは最大のロングセラーになっている四代目のリカちゃん。本当は五代目も出たんだけど、四代目の人気には敵《かな》わなくって先に引退」

「詳しいのね」

「けっこう持ってるから」

私はびっくりして、「リカちゃん人形を持ってるの？　冨永くんが？」

「うん。さすがに企業や学校とのタイアップものまでは買ってませんけど、お祖母《ばあ》さんやお祖父《じい》さんや、双児や三つ児の妹や弟、ヘアサロンのセットくらいまでは。リカちゃんにはじつはリエというスチュワーデスの姉がいて、昔のものだし販売期間が短かったから、あの入手には苦労しました」

私も人形屋の孫、その種のものはふんだんに与えられて育ったほうだ。いわゆるリカちゃんハウスや、双児の妹のミキちゃんマキちゃん、ボーイフレンドのイサムくんくらいまでは、たしか持っていたはずだけど――。「お祖母さんやお祖父さんとかリエさんとか三つ児とか、私でさえ知らないんだけど」

「ちゃんといるよ。リカちゃんの父親がフランス人だってのは？」

「うん、それくらいは。ハーフなのよね」

「父親はピエール。祖父母はそっち側だからやっぱりフランス人で、アルベールとエレーヌ。母親は知ってるよね？　ファッションデザイナーで名前は織江《おりえ》。末の三つ児は、かこちゃん、げんくん、みくちゃん――過去、現在、未来だね」

「冨永くんって――もしかして、子供の頃は女の子として育てられてたとか」

「まさか。ごく普通に育てられました。これが欲しいと云ったら買ってもらえる、普通の環境」

「それはそれで普通ではない」

私たちが工房と呼んでいる暖簾《のれん》の向こうの六畳間から、師村《しむら》さんと五十埜《いその》さんが姿を現した。

師村さんはわが人形堂のもうひとりの職人。冨永くんとは逆に、私よりだいぶ年上だ。国立文楽劇場から声がかかるほどの技量の持ち主だが、いわゆる訳ありであるがゆえ、こんな小さな店に籍を置いてくれている。

本人はちっとも悪くない「訳」なので、お気の毒としか云いようがないのだが、日本人形や創作人形の修復は、この人が居てくれないことにはお手上げ。経営者の立場からすれば望外の幸運であり、個人としてはその事実がまた申し訳なく、胸が痛い。

五十埜さんはまだ二十代の女性で、肩書は創作人形作家だ。

これまでの作品を写真で眺めさせてもらったところ、じつに独創的というか、見ようによってはグロテスク。顔は可愛いのにボディや手足は作りかけで放り出したようであったり、通常は選択しえない色で肌の上塗りがなされていたりする。奇を衒《てら》ってそうなのではなく、無心に創っていたらそうなってしまい、そうこうするうち「これで完成。もう触《さわ》れない」という瞬間が訪れるのだとか。

特異な作風が災いしてか、このほどグループ展に出品した人形を、初日の夕刻、何者かにまとめて壊されてしまった。いちばん被害が大きかったのは等身大に近い大作で、狙われたのはたぶん、それ。

寝かせて展示するスペースがないので、五十埜さんが急遽《きゅうきょ》製作した木製のスタンドに縦置きして釣り糸で固定し、スタンドの脚は展示台にねじで留めてあった。それを、より小さなほかの人形が囲んでいた。

これらをまるごと手前に引き倒された。会場の展示台はどれも地震に耐えるよう背後のパネルとワイヤーで繋がれていたというのに、パネルに捩じ込まれていた吊金具《ヒートン》が抜けていた。相当な力で引いたものだ。過失ではありえない。

五十埜さんも会場にいた。異音を耳にし、厭《いや》な予感を胸に自分の展示場所へと走った。すでに人だかりができていた。倒されているのが自分の展示台だと見て取った瞬間、

なぜか、

「ごめんなさい！」と叫んでしまったそうだ。怪我をしたかもしれないお客さんたちに、設営のやり直しを強《し》いられる画廊に、そして人形たちに。

「いったい誰がこんな――。誰ですか。どなたか見ていらっしゃいませんでしたか」普段は穏やかな画廊のオウナーが、血相を変えて大声をあげたという。

しかし「その瞬間」の目撃者は現れなかった。もし犯人がその場に居残っていたとすれば、いけしゃあしゃあと、周囲に合わせてかぶりを振っていたことになる。

グループ展の初日には、お互いに面識のない種々雑多な人々が集まる。外のポスターを見て、なんとなく入ってきた人たちもいる。犯人が芳名帳に名前を書いているとは限らないし、五十埜さんに誰かにそんなことをされるような心当たりはまったくなかった。

要するに、手掛かりは皆無。

人形堂に運び込まれてきたのは被害甚大だった大作、ヘッドと胴体《トルソ》だけの少女の人形だ。そう云ってしまうと人形というより彫刻か現代美術じゃないかと思われそうだが、眺めている感覚としてはやっぱり人形なのだ。

「なぜ手足が無いんですか」

と私が素朴なことを訊くと、五十埜さんは愕《おど》いたような風情《ふぜい》で、

「そういえば無いですね」と笑っていた。芸術家の内面に踏み込むのは難しい。

この人形のもう一つの大きな特徴は、胸部に溶けたような穴があり、そこからリアルな心臓が覗いていることだ。この点についても彼女は、

「こう創りたかったというか、創るべきだと思い立ったというか、気が付いたら創ってしまっていたというか――」と、うまく説明できない様子だった。

人形そのものが、彼女の言葉なのだろう。私たち凡人は、そこからなにかを感じ取るほかないのだ。

管理体制に責任を感じた画廊は、グループ展の期間を引き延ばし、超特急での修復が可能な職人を求めて、うちに連絡してきた。もちろん時間の余裕があれば、一切合財《いっさいがっさい》、作者独りで修復したほうが望ましい。しかしながら人形の破損ぶりを確認した五十埜さんは茫然自失となっていたし、ほかの人形たちにもダメージがあった。そちらも直さねばならない。

わが人形堂に救援要請が飛び込んできたこと宜《むべ》なるかな。「人形よろず修復」を謳《うた》っている店なんて、私でさえ見たことがない。スケジュール調整には手間取ったものの、目下《もっか》、五十埜さんが暇をみてはこちらに通ってくるかたちで、修復作業が進行している。

「どんな具合ですか」

流し台で手を洗っている師村さんに問うと、彼は慎重に、

「そうですね――顔を床にぶつけるかたちで倒れてしまっていますんで、やはり目鼻の

ダメージが深刻です。中空の硝子の目玉なもんですから、片方が砕けていました。頭の後ろを開けて入れ直しです。あえて違う色の目玉にします」

「同じ物や似た物は手に入らなかったんですか」

「五十埜さんが長く手許に置いてこられた目玉で、業者に在庫がありません。両方を取り換えるより、いっそ左右を別の色にしてしまおうというのが、ご判断です」

五十埜さんはやや自信無げに、小刻みに頷いていた。

「並木画廊が写真をたくさん残しておいてくださらなかったら、私にはお手上げでした。胸に覗いている心臓も、固定していた軸が折れてしまっている。穴より小さく見えるんですが、知恵の輪のような感じでどうにもうまく取り出せず、やむなく穴をいったん広げました。素材の桐塑《とうそ》の乾き、上塗りの油絵具の乾きなどを考慮すると、来週いっぱいはかかるでしょう。乾かすのに、夜間もヒーターを入れっぱなしにしておいて構いませんか」

「もちろん」

桐塑とは、人形の土台によく使われる、桐の粉に正麩糊《しょうふのり》を混ぜた、粘土の一種である。正麩糊は小麦澱粉《でんぷん》の糊。書画の裏打ちや建具《たてぐ》に使われる。

「どの時点で修復完了とするかは、五十埜さん次第です」

すると五十埜さんは難しい表情で、「私としては、なんて云うか――むしろ師村さんに判断していただいたほうが。私だと、どうしても客観的になれないというか、変な話ですけど、画廊で破損ぶりを確認しているとき、もしかしたらこれがこの人形の完成形なんじゃないか、とさえ思ってしまったの。なにが起きたのか、まだ実感できていないのかもしれません」

グループ展を目標に、この一年、アルバイトの傍《かたわ》ら制作に没頭してきた彼女にとっては、すなわちそういう自分を一瞬にして破壊されたわけだから、今もまだ不慮《ふりょ》の交通事故にでも遭遇した直後のような心境なのだろう。

師村さんもそう察したらしく、彼にしては強い調子で、「では画廊からの依頼をふまえて、私が判断します。とにかく会期中に、初日に近い姿で会場に戻す」

師村さん、続いて五十埜さんも手を洗い、私もまた彼らにお茶を淹れるために流し台の前に立った。

「でもシムさん、また犯人が壊しにやって来たら?」縫いぐるみの砦から、またよりによって――な声があがる。なんでこう無神経なんだか。

師村さんは落ち着きはらって、「今は警備が立っているそうですが、最悪の場合でも、また修繕して飾るまでです。暴力に屈していたら物作りなんてできません。こちらが不屈であることを無言で示すべきです」

「また来ると思うな」

「なぜそう思われますか」

「なんとなく」

五十埜さんが泣きだしそうな顔になっている。気まずい空気に、

「おや、リカちゃんだ。違いますか？」と、師村さんがことさら大声をあげる。私の机を指差している。

「師村さんにもわかるんですね。さすがリカちゃん」と私もことさら陽気に応じる。

「もちろんわかります。うちのとはだいぶプロポーションが違いますが」

「えっ、師村さんも持ってるの」

彼は返答に詰まった。やがて、「私のではなくて、その——」

遺品だ、と察し、軽々に問い返したことを悔やんだ。呰の悪魔に至ってはなにを云いはじめるかと冷や冷やしていたら、

「じゃあシムさんちのリカちゃんって五頭身？　だったら初代か二代目です。今や貴重だよ」と人形そのものに興味を示してくれた。

師村さんもほっとした顔で、「どちらでしょうね。今は仕舞い込んでありますが、こんど探し出して、冨永さんに鑑定していただきましょう」

「そこのそれ、澪さんがヘッドのクリーニングを引き受けちゃったんだけど、僕には無理。シムさん、なんか方法を思いつきますか」

師村さんはリカちゃんを手に取り、「ああ――油性ですか。じゃあ浸透していますね。こういうソフト人形は削りも肉付けもできませんから、私にも、ちょっと」

「だってさ、澪さん。だから断って」

「わかりましたってば。それにしても師村さんの家にもあるなんて、リカちゃんの普及率ってほんとに凄いのね。私も実家のどこかにまだあるはず。もし五十埜さんも持ってたら、ここでの普及率は百パーセントになりますけど」

そう笑いかけたのだが、五十埜さんは無言で首をかしげたのみだった。悪魔の予言によって意気消沈している。

私は鈍感をよそおい、「残念。七十五パーセントでした」


師村さんは基本的に工房に籠もりっきりの人で、仕事が立て込んでくると平然とそのまま徹夜に及んでしまう。私が二階の住居で寝て起きて、朝こっそり暖簾を捲《めく》ってみると、昨夜と同じ位置に同じ背中があり、私が差し出しておいたサンドウィッチやおにぎりも手つかずだったりする。

同じ人形師でも、副業を持ってきた五十埜さんは生活サイクルがしっかりしている。遅くとも午後八時までには工房から出てきて、私を食事に誘う。嬉しいことに、「師村さんも早く上衣を着て。お店がぜんぶ閉まっちゃいますよ」と彼を工房から引っぱり出してもくれる。

こういうさり気ない誘《いざな》いが、どうも私にはできない。軽く断られて必要以上に落胆する自分を、さきに想像してしまうのだ。

私が三人ぶんの夕食を用意して待ち構えていればかっこいいのだろうが、閉店後も雑用でそれなりに忙しいし、自慢できるほどの料理の腕でもない。いきおい外食となる。といっても蕎麦《そば》屋か、学生向けの定食屋か、興が乗れば焼鳥屋かといった、ごく質素な選択だ。

その晩は、近所に開店したばかりの、ネパール人経営のカレー屋に足を向けてみた。チラシに載っているメニューが安くて美味しそうで、ちょっと気になっていた。

「冨永さん――いつも早く帰っちゃうんですね」店から薦められたネパールのビールを口に運びながら、五十埜さんが呟く。食事のあとでまた作業をして帰っていく夜もあるが、アルコールを摂取しているということは本日の作業は終了――桐塑の乾きを待つほかない状態らしい。

私もビールグラスを手にしているが、師村さんは水を飲みながらカレーが来るのを待っている。酔いやすい体質だとかで滅多にお酒を口にしない。

「彼には、そういう条件で店に居てもらってるから」と五十埜さんに教えた。

「そうなんだ。できたら今度、四人でと思ってたんですけど」

「夕食？　家でフランス料理が待ってるのに、付き合ってくれるかしら」

「おうちがレストランなの？」

私は失笑して、「ごめんなさい。お金持ちって意味で、フランス料理は想像です。わりと有名な企業の、オウナー社長の息子さんなの」

「ああ、なるほど。道理で雰囲気が――」と彼女は即座に納得してくれた。

私が冨永くんに対して強く出られない更なる理由が、彼のこの背景だ。

かつて一度、私は玉阪人形堂を手放した。今となっては血迷っていたとしか云いようがないが、そのときは、淋しいけれど最上の判断だと確信していた。

売りに出した店を買ってくれたのは、冨永くんのお父さんの会社だった。さらに冨永くんの希望というか我儘《わがまま》から、人形堂はそのまま存続してしまい、私も以前と同じ店主の立場と、二階への居住を保証され――なんのために売ったんだか、訳がわからなくなってしまった。

売却によって手にした小切手の額面が、ともかく重荷だった。シャッター通りの古くて小さな店とはいえ、世田谷《せたがや》の、駅から遠からぬ立地だ。すなわち、私などには一目では認識できない桁の数字だったのだ。古びた小さな店と生きているのは平気だったが、その数字と生きていくのは怖かった。

そこで身勝手の誹《そし》りを覚悟で、冨永くんを通じて店の買い戻しを申し出た。しかし、完全には買い戻させてもらえなかった。

「権利の一部は保持しておくよう、僕から親父に頼みました。澪さんの手に全権が戻ると、また気紛《きまぐ》れに売りに出されかねないから」

そういう次第で、冨永くんは現在、玉阪人形堂の共同経営者に近い立場である。先方の内情は知らないが、オウナー企業ということは、社長が自社株の多くを所有しているわけで、そのうち部分的にでも冨永くんに譲渡されたなら、いよいよ名実ともに共同経営者ということになる。

一つ、また一つ、カレーの小鉢とナンと野菜サラダの載ったプレートが、テーブルに運ばれてきた。

「本当は私もね――リカちゃんを持ってたんです、間違いなく」と五十埜さんがナンをちぎりながら教えてくれた。「でも、その記憶がないの」

「捨てられちゃったとかですか」

「ううん、それはないと思いますけど、どこに行ってしまったかはちょっと。引越しのときに無くしたのかしら。記憶がないというのは、それが人形だったという記憶がないって意味。小学生の高学年くらいまで、私、自分にはリカちゃんっていう現実の友達がいたんだって信じていたんです」

「本当はリカちゃん人形？」

彼女は吐息まじりに、「私、社交的じゃないというか、はっきり云って友達のいない子供だったから、周りとうまく情報交換できなかったんですよ。あるとき、リカちゃん人形のお父さんはピエールという音楽家、お母さんは織江というファッションデザイナーだって設定を、クラスの子たちが話しているのを耳にして、それって私の友達の香山リカちゃんと同じじゃない、って愕いたの」

唖然たる内心を気取られないよう、矢継ぎ早にナンをちぎってはカレーに浸して口に運ぶ。辛さに噎《む》せた。辛口にするのではなかった。「――そういえば香山でしたね、リカちゃんの苗字」

彼女はなんだか嬉しそうに、「自分が五十埜っていう、厳《いか》ついうえに誰にも読んでもらえない苗字だから、自分も香山だったら良かったのにと思ってた。ともかくそう教室でリカちゃんの設定を耳にして、そういえば私の友達だったリカちゃんはどんな子だったっけと具体的に思い出しはじめて、栗色のふわっとした髪も、くりくりした眼も、リカちゃん人形そのものだってやっと気付いたの。ぼさっとしてるうえに、独り遊びばかりしている子だったから、記憶が修正されなかったのね」

「事実は小説より奇なり、ですね」

「淋しい話でごめんなさい」

私はかぶりを振った。「淋しいだなんて。さすが芸術家、としか」

「ありがとう、澪さん。でも確かに、そういう不思議なことの積み重ねが、のちの私を人形制作に向かわせたんだと思います。せめてグループ展には参加させてもらえるようになって、すこしは自信を持って云えるような気がする。幼い私には香山リカちゃんという、とても綺麗なお友達がいて、だから本当に淋しかったことは一度もなかった」

師村さんは黙って頷いている。私も微笑で応じていた。そこに、

「リカちゃんの話してた？」と割り入ってきた人がいる。

「冨永くん。どうして？」

彼はコートを裏返しながら、「忘れ物に気付いて店に向かってたら、外からみんなが見えた。八郎さんの八つぁんを仕上げようとしてるのに、そのために仕入れた金糸を置いてきちゃった」

店に誰かが入ってきたのには店員の声で気付いていたが、私も師村さんも五十埜さんの話に集中していたし、出入口と私たちの席とは籐《とう》の衝立《ついたて》で隔てられていた。その向こうから悪魔がひょいと姿を現したかたちだ。

「冨永くんも一緒に食べる？」

しかし彼は私にも、近づいてきたネパール人の店員にも掌を向けて、「軽く食べてきちゃったから無理。でもワインくらいなら付き合えます。ワインありますか」

「ワイン？　グラスワイン、アカ」

「それを」

店員にコートとマフラーを押し付け、師村さんの隣に入り込んできた。「五十埜さんもリカちゃん持ってたなら、所有率百パーセントじゃん。みんな、リカちゃんハウスは持ってました？　閉じるとバッグになるやつ」

私と五十埜さんは頷いた。師村さんはかぶりを振った。

「そもそも企画されたのは、あっちが先なんです。当時の女の子の憧れの的だったバービー人形を持ち歩けて、開くと家になって、そのまま飯事《ままごと》遊びができるバッグ。ところがバービーは丈が三十センチもあるから、入れようと思うと大人用の鞄くらいになっちゃうし、広げたら広げたでやたら大きくて、当時の日本の家屋には合わない。だったらいっそ子供サイズの鞄に入る人形もこっちで造ってしまえ、というんで、バービーよりずっと小さい着せ替え人形の開発が始まるんです」

「そういう経緯《いきさつ》でしたか」と、とりわけ師村さんが感心していた。「箱に合わせて人形の丈を決める。なんとも――」

「合理的で日本的。畳《たたみ》や障子《しょうじ》に代表される、ユニット文化に近い発想ですよね。僕はリカちゃんで最も画期的だったのは、その身長の設定だと考えています。八インチとして開発されてるから、二十センチとちょっと。これって学習ノートによく使われるA５判の、縦寸とほぼ同じなんですよ。大人用の箸《はし》の長さでもある。つまりリカちゃんハウスじゃなくてもノートが入る鞄にだったらすっぽりと入れて持ち歩けるし、学習机に付属した本棚にも飾れる。抽斗《ひきだし》には必ず収められる」

冨永くんのワインが来た。彼はその色を眺め、香りを嗅ぎ、すこし口に含んで頬を動かし、そのうち思い付いたように飲みくだしてから店員のほうを向いたが、相手はすでにテーブルから遠ざかっていた。

「いかがですか、当店のハウスワインのお味は」私は意地悪く尋ねた。

彼は動じることなく、「そこそこ。でも冷えすぎ。口紅のリカちゃん、ちゃんと断ってくれました？」

「電話したんだけど出てくれないから、事情を留守番録音に——あ」

ちょうどその瞬間、ポケットの携帯電話が震えはじめた。出てみると、まさにリカちゃん人形を店に預けていった、あの若い母親からだった。

職人たちの見立てを、改めて彼女に説明した。結論はすぐに出た。

あっさり切られた通話に私が呆然としていると、冨永くんが、

「じゃあ新しいのを買います。違う？」

「——正解。いま預けてるのは、そっちで処分してくださいだって」

「カレー食べながら泣かないでね。陽気なんだか陰気なんだか訳がわからないから」

「泣きません」

「新しいリカちゃんが可愛がられるだけのこと。女の子は、次はもう失敗しないよ」

「あのお母さん、自分のビスクのためだったら何万円だって出すって云ってたのに」

「でも結局、出してない。きっと別のことに遣ったほうが賢いと判断したんだよ。リカちゃん人形についても、すぐさま合理的に判断した」

「――そこまではわかるけど、せめて古いほうを引き取りにくるか、送ってくださいと云ってほしかったの」

「電車賃や郵送料が惜しかったんでしょ。人形の価値や役割は、見る人、持つ人によって様々なんだ。僕らが自分の価値観を押し付けちゃいけない」

「あの――私、考えてたんですけど」不意に五十埜さんが身を乗り出す。「あの口紅のリカちゃん、護りじゃなくて攻めの方向で、可愛くできないでしょうか。つまり口の周囲だけじゃなくて、全身を赤いマーカーで塗ってしまうんです。真っ赤なリカちゃん」

私も師村さんもだが、とりわけ冨永くんが怪訝《けげん》な顔となった。

やがて口を開いて、「可愛くないよ」

†

数日して、束前《つかまえ》さんがワゴン車を駆って店を訪れた――修理を委託していた雛人形の一部と、そのために新しく製作した桐箱たちを伴って。

何十年も前の豪華な七段飾りで、持ち主も自宅の倉庫にそんなものが眠っているとは知らなかった、もしくは忘れていたという。どれだけ広い倉庫なの。

彼が行李《こうり》を開けてみると、ごちゃ混ぜに保管されていた人形たちの、多くは頭が傾き、衣装は着崩れてところどころ虫食いとなり、顔や手に染みが出ているものもあった。

だけど当今は目にすることも珍しい、高級品だ。修理して願わくば孫の初節句《はつぜっく》に飾りたいものだが、製造元はすでに潰れている。そちらで早急になんとかならないか——というのが、人形堂への依頼だった。

喜んで引き受けた。師村さんが作業に入った。

そこに五十埜さんの件が飛び込んできた。師村さんは雛人形で手一杯。冨永くんも八つぁん作りに忙しく、日本人形が得意でもない。

私は束前さんを思い出した。ラヴドール——平たく云えば現代風ダッチワイフの製作と販売が本業の、特殊人形師だ。しかしかつては人形の天才としてテレビに出ていたほどの人だし、最近は創作人形も手掛けている。このところの不景気でラヴドールの売上げがめっきり落ち込んでいるとも、冨永くんづてに聞いていた。

束前さんにまず私が持ちかけたのは、五十埜さんの人形の話だったのだ。

——しかし断られた。私に乞われて店を訪れた彼は、五十埜さんの人形を前にして、分厚い眼鏡を押し上げるなり、

「アルバイト仕事は欲しいが、これは駄目だ。俺には触れない」

「どうしてですか」

「自分でも創作をやってる俺が触ると、個性がぶつかり合う。純粋なこの人の人形じゃなくなっちまう。別な畑の人がやったほうがいい」

「束前さん、ちょっとご相談が」

やりとりを聞いていた師村さんが、彼を工房に招き入れた。それから三十分近く、ふたりとも出てこなかった。出てきたときには話がまとまっていた。

「俺はあっちの雛人形をやる。その創作人形はこの店でやる。それでいいか」

私は頷くほかなかった——というのが、それぞれが畑違いの修復を手掛けることになった経緯《いきさつ》だ。

もともと腕利きなうえ、師村さんのレクチュアも的確だったのだろう、束前さんが直して運んできた雛人形は、どれも、わざと古風に仕上げた新品にしか見えなかった。いい意味でいちばん意外だったのは、衣装の再生ぶりだ。

「叱らないでくださいね。正直——ここまで布を扱える人だとは思ってませんでした。これだけでも食べていけるんじゃないですか」

私が誉めちぎると、彼は上機嫌な調子で、

「シムさんが昔のこういう生地をたくさん提供してくれたんで、助かった。たぶんここの坊やには敵わないが、洋裁、和裁、それから簡単な靴を作れる程度の革細工くらいまでは、一通り学んできたんだよ。人形に着せたり履かせたりするため、必要に迫られて仕方なく」

上機嫌といっても、顔はちっとも笑っていないのだ。でも最近は本当に不機嫌なのか、顰《しか》めっ面の癖《くせ》が出ているだけなのか、だいぶ区別がつくようになった。

「人形は顔が命。それは勿論なんだが、馬子《まご》にも衣装って言葉もある。ぶかぶかの運動靴より、ぴったり合った革靴を履いた人形のほうが、ずっと心証がいい。そうは思わないか」

「確かに」

「あんたのその靴くらいだったら、すぐさま縫えるよ」と私のパンプスを指す。

「ほんと？　じゃあこんど採寸して作ってください。ちゃんとお金を払うから」

「あんたの足に触れって？」

「そのまえに洗いますから。そのあとにも」

「悪いけど、さすがにそこまでは閑《ひま》じゃない」

「じゃあ最初から云うな」

冨永くんは例によって、長い長い昼休みの最中。師村さんと五十埜さんは工房のなか。

やがて作業を一段落させた師村さんが、暖簾を分けて出てきて束前さんに挨拶し、雛人形の出来映えを一つずつ確認した。

「――素晴しい。相変わらずの天才少年ぶりで」

「少年ときましたか。ご覧のとおり器《うつわ》はもう、くたくたの中年です」と東前さんは照れ、私と接するときと同一人物とは思えないほど殊勝に、「辛《かろ》うじて及第点なら幸い、褒めていただけるとまでは思わなかった。張り切った甲斐《かい》がありました」

「残りも、この調子でお願いします」

ぎゃっ、と暖簾の向こうで声があがった。

「救援に行ってきます」師村さんは頭をさげて、工房に戻っていった。

「心臓ちゃんのほうは順調？　悲鳴があがってるが」

「一日に三回くらい聞えてきます。癖みたい」

五十埜さんの人形を心臓ちゃんと呼びはじめたのは富永くんで、それが周りに伝播《でんぱ》した。今は作者までそう呼んでいる。正式には「聖女の心臓」という名前というかタイトルが付いている。

「私が見たところ作業は順調で、数日中に会場に戻せそうな感じ」

「そりゃよかった。俺が雛人形をやったお蔭だから、ありがたく思えと作家さんに伝えといてくれ」

「東前さんって、大人の魅力ゼロですね」

「中身は少年らしいから。ところで、あの落書きされた人形は？」私の机の上に顎を向けて問う。

「ヘッドのクリーニングを頼まれたんですけど、油性のマーカーは無理らしくて」

「それは見ればわかる。国産品？」

私は愕《おどろ》いて、「リカちゃん人形、知らないんですか。人形職人なのに？」

「ああ――あれがそうか。いや、もちろん名前くらいは知ってる。でも俺は変身サイボーグとかだったから」

「それなんですか」

「ほらな。同じメイカーの似たような商品でも、男子向けと女子向けの溝は深いんだ。リカちゃんといったら、俺なんかまず思い出すのは本物の同級生だね。香山リカ。西洋人とのハーフでさ、母親はファッションデザイナーだった」

「あの、束前さん、それって――」

「父親は指揮者かなんかで、あの当時は母国に戻ったっきりだと云ってたな。あの人形みたいな栗色の髪でね、率直に云って高嶺《たかね》の花って感じの、可愛い子だった」

いちおう経営者だが、掃除婦も兼ねている。

一朝、だいぶ色柄を増してきた冨永くん謹製の八つぁんを、通りから見えやすい位置に並べていて、窓をしばらく拭いていないのを思い出した。こう曇《くも》った硝子では文字通りの艶《つや》消し、この蛸どもが思うように売れなかったら、私のせいにされてしまう。

店の中から外にホースを伸ばして、まずは窓全体をざっと洗い流す。先にこうしておかないとバケツの水がすぐ真っ黒になってしまい、掃除しているんだか塗装しているんだかわからなくなる。

それから脚立を持ち出し、ゴム手袋をはめて上から雑巾《ぞうきん》で拭いていく。今風の大きなウィンドウだったらスクイージーを使えるが、祖父母の時代からの、木枠と小さな硝子の組合せで出来た窓だから、こうやってちまちまと拭かざるをえない。

桐箱に詰められ積み上げられて持ち主による検品を待っている、束前さんの労作が硝子越しに見える。私は彼のリカちゃんにまつわる述懐を思い返した。

私を笑わせようとしたのだろうか。それとも五十埜さんと同じく、人形遊びと現実を混同したまま大人になってしまったのだろうか。

私を笑わせようとした？　束前さんが？

犬が喋るくらいにありえない、自然の摂理《せつり》に逆らった出来事に思える。いや、犬が喋ったほうがまだしもしっくりくる。

今でもそうだろうが、子供の頃も友達が多かった人とは思えない。孤独な天才少年が、常人では考えられないほど深くリカちゃん人形の世界に入り込んで、未《いま》だそちらの思い出が、現実の思い出より鮮やかなのだと考えるべきだろう。

憧れの人――たぶん初恋の人が、リカちゃん。

想像のなかでだけ彼に微笑み、話しかけてくる香山リカ。

彼女の実在を頑《かたく》なに信じたまま、人形を作り続けて、気難しい大人になり――という彼の半生に思いを馳せていたら、なんだか胸が詰まった。

真実を教えるべきだろうか。思い出よりも私の言葉を信じてくれるだろうか。

でも私からやんわりと教えておかなかったら、いつしか砦の悪魔あたりが彼を指差して嘲笑しかねない。束前さんは頑固だし怒りっぽいから、そうなると店で乱闘が起きかねない。

そもそも、家族構成などのリカちゃんにまつわる設定は、どうやって子供たちのあいだに広まったのだろう。箱に書いてあった？　冊子が付いていた？　私には思い出せないが、広報されていたのは間違いない。その種の資料を手に入れて見せれば、さすがの束前さんも記憶違いを認めざるをえないのではないか。なるべく古い、私たちが子供の頃の――束前さん自身も眺めていたであろう、箱か冊子。

リカちゃんマニアは世に多そうだから、発見できてもプレミアムが付いていそうだ。なぜ束前さんのために私がそこまで？　なんだかわからなくなってきた。

窓掃除を終えた私は、とりあえずお金のかからない対策として、机上のリカちゃんを抽斗に仕舞い込んだ。次に束前さんが訪れたとき、そこに話題が及ばないようにするために。

その朝、最初にドアのカウベルを鳴らしたのは五十埜さんだ。やって来る時刻がどんどん早まっている。大詰めなのだろう。「外が濡れてると思ったら、窓を綺麗になさったんですね――なるほど、蛸ちゃんを目立たせるためか」

「ちゃんと八つぁんと呼ばないと、いちいち訂正されますよ。自信のネーミングみたいだから」

「気を付けます。あ、リカちゃんが無い」と、すぐさま気付かれた。さすが人形に敏感だ。「処分しちゃったの?」

「いえ――抽斗に」

束前さんの記憶違いを、私は五十埜さんに話した。

彼女は腕組みをして大きく息を吐き、「束前さんって、年齢は?」

「正確には知りませんけど、私と同じくらいだと思います」

「それでいて、しかも男性で、今もリカちゃんの実在を信じてるなんて――私よりうわ手がいましたね」

「本当のことを教えるべきでしょうか」

「これまで気付かずに生きてこられたんだから、そっとしておいたほうが」

「でもたぶんそれって、私たちや冨永くんみたいな人間と縁がなかったからで、彼の今後といったら地雷原を歩いているようなものでは」

「私が自分自身の体験を語ります？　そしたら納得しやすいかも。ただ私、じつはあの人のことが怖いんです」

「私だってです。怒らせても傷付けても、どう転んでも怖い」

結論に至ることはできなかった。

五十埜さんが不意に、「あの口紅のリカちゃん、澪さんがご不要だったら、私が買い取らせていただいてもいいですか」

「無料で結構ですけど——やっぱり真っ赤に塗っちゃうんですか」

彼女はかぶりを振った。「そのまま持ってようと思います。見馴れてくると、あれはあれでユーモラスで可愛く思えてきちゃって。人形堂の皆さんと知り合えた記念として自宅に置いて、ときどき眺めてはくすくす笑いたいなって」

人形の価値や役割を決めるのは持ち主——胸の内で、かつて冨永くんが云っていたことを反芻する。

私は抽斗から取り出した人形を五十埜さんに手渡し、かくして口紅のリカちゃんは新しい役割を担うことになった。五十埜さんが人形堂との縁を得た記念——私たちでは思いも及ばなかった価値であり、役割だった。

次に入ってきたのは師村さんだ。「おはようございます。外から気持ち良く蛸ちゃんたちを見通せます。澪さん、早くからお疲れさまでした」

「八つぁんと呼ばないと訂正されますよ」

「わかりました。気を付けます。さて五十埜さん、最後の仕上げと参りますか」

「はい」

ふたりは工房に入っていき、私は彼らのためのお茶の準備を始めた。

冨永くんは遅刻してきた。

「寝坊しました。すみません」と、ちっともすまなそうではない調子で云って、砦に直行、すぐさまノートを開いてなにやらスケッチを始めた。

きっと更なる新作を構想中で、昨夜も遅かったのだろうと想像はついたが、私はなんだか面白くない。お茶の置き方もつい粗雑になる。作業台にいくらか溢《こぼ》してしまった。すこし位置が違ったらノートを直撃していた。

「――ごめん」と台拭きを取りに流しに走る。

戻ると、冨永くんはノートを閉じて頬杖をついていた。アイデアが遠ざかってしまったのかもしれない。

私には目もくれずに、「澪さん」

「ほんとごめん」

「街路樹の色がよくわかる。ありがと」

湯呑みの底を、茶托《ちゃたく》を、作業台を、私は一つ一つ丁寧に拭った。

「どういたしまして」

†

心臓ちゃんをもう会場に運んで大丈夫だろうというその日は、たまたま定休日で、店に人が居残っている必要が無かった。

五十埜さんと師村さんと私は、並木画廊から来た迎えの車に心臓ちゃんと一緒に乗り込み、冨永くんとは現地で待ち合わせた。このところばたついていたせいで、まだ店の誰も、会場を訪れていなかったのだ。

もともと心臓ちゃんが置かれていたスタンドには、グループ展前に撮った記録写真の引き伸ばしが額に入れて飾られ、表の硝子に「修復中」という札が貼られていた。

額縁を取り払って、代わりに人形を固定する。スタンドも固定しなおす。ライティングが調整されると、その場の空気が一変した。

私も冨永くんも、修復に携わった師村さんさえも、口々に感嘆の声をあげた。生きている。

丹精を込めて制作された創作人形の、凄まじさを私たちは味わった。

人間よりも強い――強いのに、可愛い。

手足が無いことで、逆に様々な表情の手足が見える。髪を掻き上げようとしているようにも、こちらを指差しているようにも、掌を向けて拒絶しているようにも見える。両足をしどけなく放り出しているようにも、立て膝をしているようにも、軽やかに歩いているようにさえも見える。

「凄いですね」と私が口走ると、

「凄いの。私は凄くないけど、人形のほうは」と五十埜さんはおどけた。

立ったりしゃがんだり、いろんな角度から心臓ちゃんを観察していた冨永くんが、

「だいたい百四十センチ」と奇妙なことを云いはじめた。「五十埜さん、百四十センチだよ」

五十埜さんはぽかんとしている。

私が代わりに、「なんの長さ?」

「犯人の身長。だから子供か、そうとう小柄な女性の可能性が高い」

「なんでそう思うの」

彼は人形の正面で腰を屈めて、「こういう視点っていうと、百四十センチくらいの人だよね。五十埜さん、ライティングは最初からこんな感じですか」

「ええ――まったくそのまま」

「今の僕の視点から、人形の胸を見上げてみてください。心臓が穴のちょうど真ん中に見える。しかもどこにも繋がらずに、宙に浮いてるみたいに見えるんです」

冨永くんは五十埜さんに立ち位置を譲った。彼女も頭を低めて、「――ほんとだ。狙ったわけじゃないんですけど、こうして眺めてみると、なんだかトリックアートみたいですね」

「そのくらいの身長の人物なら、手も小さいから、胸の穴にすっぽりと入ります。でも心臓を掴み出そうとしたら――わかります？　東南アジアにモンキーポットっていう植物がある」

「レインツリーのことですか。私はハワイで見ました。大きな樹ですよね」

「それはたぶん、モンキーポッドです。僕が云ってるのはモンキーポット。壺状の固い実が生って、猿が中の種子を食べるんだけど、欲張って一度にたくさん掴むと殻から手が抜けなくなる。この人形の心臓を、簡単に取り出せるものだと錯覚し、手を入れて掴んだが最後――」冨永くんは顔の前で拳を握り、それを手前に引き寄せる仕草をして、「それと同じ現象が起きるんだ。そのうえ逃げ出そうとして後ずされば、梃子《てこ》の原理でこの展示全体に大きな力がかかる。つまり犯人は人形を壊そうとしたんじゃない。心臓を盗もうとした」

　五十埜さんの後ろから、私も心臓ちゃんの心臓を眺めた。たしかに浮いているように見える。摑み出せそうに見える。

そういう誘惑にかられる人がいても不思議ではない――と、これは未熟なりに人形を扱ってきた者としての所感だ。

人形なんて、たかが人や動物の形をした商品。しかし同時に魔物でもある。憑かれる人がとことん憑かれてしまうことを、これまで何度も痛感させられてきた。ましてや五十埜さんによる、この見事な造形美だ。

「予想外の結果を引き起こしてしまった犯人は、何度もここに舞い戻ってきてると思うな。とすれば、さっきまであった修復中の貼り紙も見ている。こうして綺麗に直った心臓ちゃんを見て、素直によかったと思ってくれる人間ならいいけれど、今度こそうまく心臓を盗んでやる、と考える人間かもしれない」

私たちは並木画廊の人たちを集め、冨永くんの推理を伝えた。よく受付係を担っている女性社員が、幾度もこの会場を訪れている、身長百四十センチくらいの人物を記憶していた。

名門大学の付属中学の制服を着た、少年だという。芳名帳に名前を書いたことは、たぶんないそうだ。

中高生たちが騒ぎながら訪れるような展覧会ではない。だから珍しい制服姿を、彼女はよく記憶していた。

帰途、携帯電話に束前さんから連絡があり、喧嘩を売られた。

人形堂の前からだという。修理が上がった次の数体を運んできたら、店が閉まっていた、どういうことだと問い詰められた。

定休日なんです、と謝っても、そんなこと聞いていないと主張する。

「すみません——でも来るならさきに電話してくださいよ。だったら誰かが待っていました」

「そういうルールも聞いてない」

「本当にすみませんでした。いっさい私が悪うございました。とにかくいまそっちに戻っていますから、適当な場所で時間を潰していてください」

「いや、今日はもう帰らせてもらう。あのあとドールの新しい注文が入った。今の俺はとても忙しい」

「それはおめでとうございます。でもあと三十分くらいなのに、それも待てないんですか。師村さんも、さっき別れたばかりだけど呼びますから」

「待てない。また後日な」

「束前さん、もしかして私の夢でもみて会いたくてたまらなくなって、でも私のほうはそうでもなかったからって怒ってるんじゃないんですか」

「そういう妄想と共に生きられる感性を羨ましく思うよ。マリー・アントワネット以来の逸材だ」

さすがにかちんと来て、「初恋の相手がリカちゃんだなんて、淋しい男性よりはましだと思います」

「なんの話だ?」

——云ってしまった、と思ったが、もはや引っ込みがつかない。

「東前さんが子供のころ憧れていた香山リカちゃん。それは苗字といい両親の設定といい、どれもメイカーがユーザーの子供たちのために用意した、架空の物語なの。フランス人とのハーフで、パパは指揮者、ママはデザイナー。そんな香山リカちゃんは現実のどこにも存在しないの」

「そんな」と絶句した東前さんだったが、敵も然《さ》る者、まだ折れない。「——ことはない。香山リカは実在した。苗字も両親の仕事も、たぶん偶然の一致だ」

「連れてくれば」と吐き捨てて、私から通話を切ってしまった。

†

「現れたの、百四十センチの少年」開口一番、五十埜さんが云う。「冨永くんの推理どおり、また心臓ちゃんの心臓を盗もうとしてたって。警備員が気付いて取り押さえて、いま並木画廊に。私もたったいま呼び出されたんだけど、なんだか怖くって——澪さん、一緒に行ってもらえませんか」

「ちょっと待っててください」私は受話器を押さえ、縫いぐるみ作りの砦に向かって、「百四十センチの少年が現れたんだって」

「でしょ」と平然と切り返された。「摑まえたの？　だったらちゃんと問い質《ただ》しといたほうがいいよ、なんで人形の一部を盗もうとしたのか。五十埜さんのためにも、その少年自身のためにも」

「ちょっと怖いから、私も来てって云われてるんだけど」

「行けば。澪さんも怖いの？　代わりに僕が行く？」

それはそれで別な意味で怖い、という気がした。「私が行きます。冨永くん、店番をお願い」

「了解」

駆け付ける、と五十埜さんに伝え、コートを羽織りマフラーを巻いて店を出た。

私鉄と地下鉄を乗り継いで銀座で降り、改札を抜けようとしていたら、目の前に五十埜さんの後ろ姿があった。声をかけた。

「ああ——澪さん」と彼女は抱きつかんばかりで、画廊までの道程、私の腕を摑んだきりでいた。

「冨永くんが、理由をちゃんと訊いたほうがいいって」

「うん、私もそのつもり。展覧会のたびに壊されたんじゃ、堪らないもの」

並木画廊の事務室の隅に、少年はおとなしく坐っていた。色白の、ひどく痩せた子だった。制服がぶかぶかに見えた。

警備員が状況を説明する。彼はいちいち頷いていた。でも二度だけ、か細い声で反論した。警備員が「盗もうとして」と発したときだった。

一度めはこう云った。「心臓だけ借りようとしたんです」

二度めはこうだった。「今日は、触りたかっただけです——直ったんだ、と思って」

そして泣きだした。

「簡単に泣くな！」私の後ろに立っていた五十埜さんが、私がびっくりするほどの勢いで発した。「私もね——私だってね、毎日泣きたいような思いで必死に人形を作ってるの。借りようとしたんだか触りたかったんだか知らないけど、とにかく私はそれを理不尽に壊されたの。でも泣くのは我慢してる。なのに壊した人間が勝手に泣くな」

「ごめんなさい」

「ちゃんと理由を云いなさい。なぜ心臓を借りようとしたの」

少年はしゃくり上げながら、「——お守りに」

「なんの」

すると少年は自分の左の胸に手をあてて、「先天的な、その、つまり畸形で、このままだと長生きできないって云われてて、もうすぐ手術で、でも成功率とか知ったら怖くなって——僕は人形が好きで、ここに来てみたらあの子がとても綺麗で——なんだか護ってくれそうな気がして」

並木画廊のオウナーもその場にいた。エルキュール・ポワロのような口髭をたくわえた、小柄でお洒落な紳士である。

初めて少年に対して口を開いた。「いかなる事情があろうと、並木画廊は君の親御さんには連絡をし、あるていど修復の費用を負担していただくようお願いしますよ。異存はないね？」

「手術にお金がかかるのに」と少年は項垂《うなだ》れた。「壊す気なんかなかった。手術が成功したら、ありがとうって彼女に返しに来られるような気が——ごめんなさい。僕は大莫迦だ」

オウナーは頷き、「いかにも、君は愚かだった。今の君にできる最上のことは、手術に耐えて立派な大人になり、負債をご両親にお返しすることだ。違いますか？」

少年は頭を垂れて、彼の言葉を肯定した。それからもなにか喋り続けていたが、嗚咽《おえつ》まじりのか細い声なので、ほとんど聞き取れなかった。

オウナーは五十埜さんのほうを向き、「大切な創作人形が幾つも壊されてしまった

——これは重大な事実です。うちの管理体制にも問題があった。しかし故意に壊されたものではなく、事故の側面もある。だからうちと彼の親御さんとで修復費用を分担し、五十埜さんの作品をうちで幾つか、お預かりではなく買い上げさせていただけたなら、一件落着、警察に連絡するほどのことではないと考えますが、作者としてはいかが思われますでしょうか」

五十埜さんは黙考ののち、小さくかぶりを振って、「私には判断できません」

「では判断を私にお任せくださいますか」

今度は頷き、少年に向かって、「ねえ君」

五十埜さんは自分の鞄をまさぐりはじめた。人形堂に通うときもいつも肩から掛けている、実用一点張りな感じのナイロンバッグだ。

「ああ——どうしよう。どれにしよう」となにやら迷った挙句、彼女が取り出したのは、私が進呈したリカちゃん人形だった。「君が壊してしまった、あの少女人形の制作には物凄く時間がかかってて、高い値段も付けてもらってて、つまり私にとっては切実な資産なの。人形まるごと買ってくれるならともかく、心臓だけをあげたり貸したりはできない——君にどんな事情があろうと。だから代わりにこのリカちゃん人形を、お守りとして君にあげます。手術のとき握ってるといいわ。たくさんの人が可愛がってきた人形だから、その全員が君の味方になります。そして手術は成功します」

彼女が差し出したリカちゃんを少年は神妙に受け取り、その顔を見て、失笑した。

「笑えるでしょ？　それがそのリカちゃんの、いちばん素敵なところ。そういう特別なリカちゃんです。手術、怖いだろうけど頑張ってね」

「ありがとう——頑張ります」

人形の価値や役割を決めるのは持ち主。かくして口紅のリカちゃんはまた持ち主を変え、また新しい役割を担ったのである。

私たちは画廊をあとにした。

「ごめんなさい」と五十埜さんから詫びられた。「人形堂と出逢えた記念なんて云ってたのに、簡単に他人にあげちゃった」

なにを謝られるのかと身構えていたので、力が抜けると同時に声をあげて笑ってしまった。「私たちは気にしません。一度は見捨てられたリカちゃんが、今はあの子のお守りなんだから、一番の行き先だったと思いますよ」

「代わりに私、冨永くんの蛸ちゃんを買いますね」

「ちゃんと八つぁんって云わないと、売ってくれないかも」

「そうだった。それにしてもハッツァンってなんだか、外国の貴族みたいな響き」

「——そうですか？」

東前さんが改めて雛人形を運んできた。ちゃんと事前に連絡があった。

店に入ってきた彼の姿を見るや、動悸《どうき》がした。もともとの仏頂面に仏頂面が重なって、荒々しい木彫り細工みたいになっている。

嚙み付かれるかと思った。思わず視線を下のほうに逸らして、「あの、こないだは私、ちょっと――じゃなくて、だいぶ、失礼な感じの」

「連れてくれば、とあんたは云った。だから同窓生に電話しまくって、探し出して、連れてきた」

私はドアの外の人影に気付いた。え――まさか。

カウベルがまた鳴り、コート姿の長身の女性が入ってきた。品良く纏《まと》め上げられた栗色の頭をさげて、私に自己紹介する。

「初めまして。香山リカと申します」

上げた顔の、くっきりとした目鼻立ちといい、肌の色といい、白人にしか見えない。リカちゃん人形には、あまり似ていない――けれど、ハーフの小学生が順当に成長したなら、こうなるかも。

ひょっとして五十埜さんと仲良しだった「リカちゃん」もこの人？　という考えが頭を過りもしたが、世代が違う。あっちにはいなくて、こっちには本当にいたのだ――香山リカさんが。

「どうだ、実在しただろ。これでも俺は、妄想と現実の区別がつかない淋しい男か。おい香山、こいつに云ってやってくれ。父親はフランス人で指揮者、母親はファッションデザイナー」

「確かに、はい」と香山さんは頷いて、「父は、今はフィラデルフィアの交響楽団の常任指揮者をやっています。母は、大したブランドは持っていないんですけど、パリコレには何度か」

私は天井を仰いだ。こんなことって――。

なんとか気を取りなおして、「お名前は、リカちゃん人形からですか」

「まったくの偶然です。香山は父が帰化したとき選んだ、恩師の苗字です。だからリカという訳ではなくて、スウェーデン語で幸福という意味なんです。父の母がスウェーデン人なので」

「――参りました」

私は東前さんに最敬礼した。

「参ったか」

「本当に参りました」

「香山、免許証かなんかあるだろ。駄目押しにこの女に見せつけてやってくれ」

「でも苗字が違うけど」

「え」

「小学校のとき、一つ上の学年に佐藤イサムっていたでしょ、サッカー部の」

「憶えてる。彼と——結婚？」

「うん。五年くらい前に街で偶然再会して、いわば電撃的に」

私はどぎまぎしながら、束前さん、そして砦の悪魔の表情を観察していた。

悪魔はにやついている。いま軽口をたたいたら吹き矢だからね、と目で合図する。

束前さんは、ものの見事な無表情だった。そのまま凍り付いていた。唇さえほとんど動かさず、「学校の有名人だったな。今は何をしてる」

「国際弁護士」

「優秀だ」

「でも束前くんから連絡があったって教えたら、あっちも憶えてたわ。あの陰気な——あ、ごめん」

「いいよ、事実だ。憶えててくれたか。俺も一瞬だけサッカー部にいたからな。顔面にボールぶつけられて眼鏡が壊れて、それで辞めたんだ」もはや蒼白となっている。倒れるんじゃないかと思った。その顔を私に向けて、「ともかく、そういうことだ。俺は淋しい男なんかじゃない。わかってくれたか」

私は深く頷いて、「よくわかりました。疑ってごめんなさい」

「雛人形、車から取ってくる」

「手伝います」

「じゃあ束前くん、私はこれで。歯医者の予約をとってあるの」

「そ――そうか。お大事に」

「ありがとう。束前くんも歯を大切にね」

ドアを開け、香山さんを外に送り出したあと、悄然《しょうぜん》と店内に立ち尽くしている束前さんに、

「運びますよ」と声をかけた。

青ざめた顔が、ゆっくりと私に向く。「ああ」

「人形たちの出来映えを、また師村さんに確認してもらわなきゃ。まえ運んできてくださったぶん、持ち主さんが凄く喜んで、これだけでもすぐに飾りたいって持って帰られたの」

「嬉しいね」という言葉とは裏腹に、なんともぶっきら棒な調子である。「新しい傑作どももここに連れてきてやるか」

寝ても覚めても、人形、人形。

好きで選んだ仕事ではない。私だけではなく、束前さんも師村さんも冨永くんも、そ

して五十埜さんも、なんで自分はこんなことしてるんだろう、と考えこむときはあるんじゃないかしら。

でも今のところ、私たちには人形しか生きるための縁《よすが》は無いし、そういう私たちを必要としている人形たちと、その持ち主たちは、確かにいる。

外に出たとき、私が磨いた窓越しに店内の様子を窺っている、若い女性の姿に気付いた。大きなトートバッグを肩に掛けている。

きっと壊れた人形が入っているのだ。

「なかへどうぞ。寒いですから」と、あげうるかぎりの明るい声音で呼びかける。

私の仕事の、基本中の基本だ――ようこそ、ここが玉阪人形堂です。

諦めてしまっている人形についても、ぜひご相談ください。最高の職人たちが誠心誠意、ご対応します。あなたの人形を甦らせます。

偽りないこの笑顔をうかべられる、私の代わりはどこにもいない。失敗だらけだろうが煩悩だらけだろうが権利ぜんぶを所有していなかろうが、私はこの小さな店の、女主人である。

二　髪が伸びる

店に下りていった私の顔を一瞥《いちべつ》するや、

「化粧が濃い」と、うちの職人一号は相変わらず口さがない。

「見逃してよ、もう直してる時間もないし。べつに冨永《とみなが》くんに被害が及ぶわけじゃないでしょ」

「ちょっと及んだかも」

「とにかく出掛けてきますから、留守番、よろしくお願いします」

「ん、楽しんできてね」

「お出掛けですか。お気をつけて」

すぐ背後から声をかけられて、びっくりして振り返る。

「師村《しむら》さん——いつからそこに」

「ずっとここに立ってましたが」

きわめて寡黙な人なので、こういうことがよくある。

「どちらまでですか？」

「デートだって。芝居見物らしいよ」冨永くんが勝手に答える。

「え、あ」

師村さんはかすかに動揺を示した。というのは私の気のせいかもしれないが、それなりに申し訳ないような気分になってしまい、

「そんなんじゃないですよ。お得意さまのお誘いで、ちょっと断れなくって」

「シムさん、例の八郎大明神《はちろうだいみようじん》だよ」

「――はあ、あの感じのいい紳士ですか」

神田《かんだ》八郎さん、という。冨永くんがその苗字にかけて大明神と呼びはじめた。蔑称とは云えない呼び方だが、いつか彼が本人の前でそう口走ってしまうのではないかと、私は冷や冷やだ。

お酒や缶詰を輸入している会社の社長で、自分の名前から、冨永くんが創作した蛸《たこ》の縫いぐるみ「八《はっ》つぁん」を気に入り、オフィスに飾るための特注品を買ってくださった。のみならず、お客さんに配るためとして通常品も大量注文。その数、なんと一グロス――百四十四個。

月に一ダースずつ、一年をかけて納品すればいいという寛容な注文で、ゆえに冨永くんもそれだけに忙殺されずに済んでいる。なにより店にとっては、定収入が確保された

ことがありがたい。

この店の面している通りが通勤ルートなのだそうで、三日にあげず店に顔を出され、冨永くんが作ったテディベアも、私が試しに仕入れてみたアンティーク人形も、けっこうな数を買ってくださった。目下《もっか》、このうえないお得意さんなのだ。

「澪《みお》さん、成長なさいましたか？」

師村さんが云うと、本気なのか冗談なのかわからない。

「これ」と、片足を上げて靴のヒールを見せる。

これほど踵《かかと》が高いのを履くのは久々だ。足を入れた瞬間に脹《ふく》ら脛《はぎ》のあたりが疲れたような気がしたが、高級品だからそんなことは起きない、と自分に云い聞かせていた。

「それってありなの？」

冨永くんに問われ、急に自信が無くなった。

「服に合ってない？」

「そういう話じゃなくて、大明神はそんなふうに背伸びした澪さんと一緒に芝居を観たいのかなって。文字通り、背、伸びてるし。作業台越しに観察してきた身としては、普段の庶民的な佇《たたず》まいが望ましいんだろうと思ってたからさ」

「庶民的？　この私が？」

「はい」と真顔で返事されてしまった。反駁《はんばく》できない。

「でもこの靴、八郎さんがくださったの」

冨永くんは、うは、と呆れたように笑って、「完全に恋人同士じゃん」

「違いますって。いずれこういうのも輸入してみようと思ってるんだけど、日本人の女性に合うかどうか、モニターしてほしいって頼まれて――」

「手練《てだ》れだ。シムさん、どう思う?」

師村さんは真剣な顔付きで腕組みをし、「私にはなんとも。まるで外国映画のようなお話で」

そこにカウベルの音と共にお客さんが入ってきて、私はつい息をのみ、相手も困り顔で立ち竦《すく》んでしまい、場に気まずい空気が漂った。

いらっしゃいませ、の一言すら私から奪ってしまったのは、その青年の風体である。長髪、髭面、でろりとした服装にじゃらじゃらのアクセサリ。

それだけなら息をのむほどではない。私をびびらせたのは、軽く捲《まく》り上げた袖口に覗いた、カラフルな洋風の刺青《いれずみ》だった。

「いらっしゃいませ。目の前の人のことは気にしないでください。今はただの通行人ですから」私とは対照的な、まったく臆することなき冨永くんの応対。世代の違いだろうか。それとも性格の違いだろうか。

若者の視線は私に向けられている。やがて、

「あ、すみません」と意外に高い声で云って袖口を直し、刺青を隠した。

怖い人ではないようだ。

「人形の修理ですか」冨永くんが腰をあげて問う。

「そういう訳じゃないんすけど」

「縫いぐるみがご所望?」

「外から見てて、オクトパスがやばいと思ったんすけど」

「いかにもオクトパスです。八つぁんといいます」

「そのネーミングもやばいっすね」

「僕が命名しました」

「やばいっすよ、そのセンス。でも今日はとりあえず——これ、祖母《ばあ》ちゃんの人形なんすけど」青年はリュックサックを肩から外し、中から布包みを取り出した。

市松人形だ、と私はその形から悟った。いちおう人形屋の血筋だ。

冨永くんの作業台に寄ると、「ここで広げていいっすか」

「どうぞ」

包みから現れたのは、果たして振袖にお河童《かっぱ》頭の、大ぶりな市松人形だった。

貌《かお》立ちや衣装から見て、相当に古い。大正から昭和初期くらいだろうか。昨今の人形にはまず見られない、ふくよかでいながら目鼻はすっきりとした独特の造形に、私たちはしばし見蕩《みと》れた。

「シムさん、パス」作業台に張り付くようだった冨永くんが、椅子に腰をおろして人形から距離をおく。日本人形の修復だったら師村さんの領分である。

師村さんは人形に近づいたもののすぐには手を触れず、立ち位置を変えながら複数の角度からそれを観察した。吐息まじりに、「見事な三つ折《おれ》ですね」

「ミツオレってなんすか」

「腿の付け根、膝、足首の三箇所が曲がり、立つこともできるし正座もできる、こういう高級ないちまさんのことです。あ、いちまさんは関西でしか通じませんか。市松人形のことです」

「じゃあこれ、高いんっすかね」

「高価な品は家一軒と申しますね、昔の話ですが」

「まじすか」

「あくまで昔の話です」

「これ、鞴《ふいご》が入ってるんじゃないですか」

そう云った私を師村さんは莞爾《かんじ》として振り返り、それから初めて人形に手を触れた。帯の辺りに掌を当てて押す。ひゅう、という気の抜けた音がした。

「澪さん、よくご存じで」

「こう見えても人形屋の孫ですから」

観賞用ではなく着せ替え遊びを前提とした、本来の市松人形は、胴が二分されていて布だけで繋がっている。着せ替えを容易にするためだ。しばしばその空間に鞴が仕込まれていて、押すと声をあげる。

「いささか空気洩れを起こしていますが、年代物にしてはいい状態を保っているようにお見受けします。なにか問題が？」

「問題というか——べつに人形自体で困ってんじゃないんすけど」

「衣装替えをなさりたいとか？」

「そういうんでもないっす。相談っていうか」

「承《うけたまわ》りましょう」

「まずはご相談くださいってウェブにあったから持ってきてみたんですけど、ぶっちゃけると俺、頭がおかしいと思われないっすかね」

「ご相談の内容にもよりますが、まずそういうことはございませんかと」

「云っちゃっていいですか」

「云っちゃってください」

「覚悟してくださいよ」

「覚悟いたします」師村さんは深呼吸をし、「いたしました。云っちゃってください」

「これ、髪が伸びるんすよ」

「いつかそういうのが持ち込まれるんじゃないかと、私も覚悟してはいた」

「ついにその日が来たね」電話の向こうの冨永くんは、妙に楽しそうだ。

師村さんが人形を精査しているのを眺めているうち時間切れになってしまい、やむなく職人たちにあとを任せて、私は店を飛び出した。しかし気になって堪らず、劇場までの道々、冨永くんと携帯電話で話している。

「風貌はなにだけど感じのいい人でさ、やっぱりバンドマンだって。ライヴに来てくれって誘われた。澪さんも行く?」

「音楽性次第」

「例として出していたバンド名からして、そうとう激しいのは間違いないね」

「ちょっと考える。それよりどういうことなの? 人形の髪が伸びるって」

「どうもこうも、あのバンドマンのお祖母さんが、このところ淋しいのか、親から受け継いだあの人形を溺愛するようになって、たまに髪を切り揃えてやったりしてる。耳がほとんど聞えないこともあって、家族は彼女が呆けはじめたんだと思っている」

「人形の髪を切り揃えたりしたら、どんどん短くなっちゃうんじゃないの」

「そこだよ。お祖母ちゃんっ子のあのバンドマンが観察してきたところ、あんまり短くなってない。つまりどうも、本当に髪が伸びているようだ。お祖母ちゃんが正しいと家族の前で主張すれば、人形は気味悪がられて捨てられる。お祖母ちゃんはとうぜん悲しむ。でもこのまま黙っていれば、お祖母ちゃんが介護施設に入れられかねない。そんな感じのジレンマ」

「見た目には驚いたけど、優しい人だったのね。師村さんの見立ては？　髪の素材はなんなの」

「人毛。でも古い市松人形では普通」

「人毛だと伸びることがあるのかしら」

「湿度や薬物に反応して軟化して、すこし伸びることもあるかも。その手の人形でいちばん有名なのは、北海道のお菊《きく》人形だよね。でもあれは、マスメディアが尾鰭《おひれ》を付けまくって出来上がった都市伝説みたいなもんでさ」

「そうだったの」

「うん、そもそもお菊って名前からして怪しい。本当は清子《きよこ》だったらしいんだよね。なんで菊子——お菊に変化したかっていうと、怪談『番町皿屋敷』のお菊が重ねられたんじゃないかな」

唖然となった。「ほっとしたというか、がっかりしたというか」

「シムさんによれば、髪の付け方が特殊だから、本当に伸びるんだとしたら、もともとそれを想定した構造というか、からくりがあるんじゃないかって。どっかでレントゲンを撮れないかなって云いながら、今は工房に籠もってます」

「伸ばすからくり？　なんのために」

「知らないよ。髪切りの練習台かな」

劇場の前に達し、入口の脇に立っている八郎さんを見つけた。

「切ります、電源も」と富永くんに宣言する。

八郎さんも私の姿を見出してくれた。

近づいてくるや開口一番、「履いてきてくださったんだ。履き心地はいかがですか」

「良好です。輸入なさったら、きっと人気が出ますよ」

お世辞ではなかった。論評できるほどたくさんのハイヒールを履いてきたわけではないが、急ぎ歩きをしてきたわりに危惧していたような疲れはない。さすが高級品は違う。

未《いま》だ肌寒いその日、八郎さんは白っぽいステンカラーを羽織っていた。でも胸元には、春の訪れを感じさせる若草色の綿セーターが覗いている。足許も軽快なローファー。なかなかお洒落《しゃれ》な人なのだ。

小劇場での地味な公演だ。でもその内容を聞かされるや、ぜひ観たい、と思った。

私が好きで何冊も読んできた小説家が、脚本を書き下ろして懇意の劇団に提供した、現代版『女《おんな》殺《ごろし》油地獄《あぶらのじごく》』だという。原作は云うまでもなく近松《ちかまつ》門左《もんざ》衛《え》門《もん》の浄瑠璃《じょうるり》だ。

小説家は、八郎さんがお酒を卸している新宿のバーの常連。そこで知り合い、意気投合したところ、招待券が送られてきたのだそうだ。

ロビーでほかならぬその作家本人が、お客たちと挨拶を交わしていた。思っていたより小柄だが、幾度となく近影で眺めてきた、その顔に他ならない。

「仁羽《にわ》さん」八郎さんがなんら臆《おく》することなく呼びかける。

「――来てくださった」小説家はなんとも嬉しそうに彼に両手で握手を求め、抱きつくような仕草すらした。意気投合というのは大袈裟な表現ではなかったようだ。

「ファンをお連れしましたよ。まえお話しした、焼物探偵シリーズの愛読者にして人形の専門家です」

専門家というわけでは――と私が訂正するより早く、小説家は、おお、と強い反応を示して、

「玉阪《たまさか》さんですね、お噂はかねがね。じつは僕の家にもご相談したい人形が。東欧を旅行したとき路上のマリオネット遣いに感銘を受け、奮発して同等のマリオネットをお土産に買ってきたものの、地震のとき飾り棚ごと倒れてしまい、今はきわめて無残な有様なんですよ。造形が細かいだけに、折れてしまった箇所やそのまま見失ってしまった部位も多々あるんですが、お宅に修復をお願いすることは可能でしょうか」

緊張しきっているところに立板に水でそう問いかけられて、なにを問い返せばいいの

か、そもそも問い返す必要があるのか、まるでわからなくなった。

「チェコ?」と、子供のように反応するのが精一杯だった。

「よくお察しですね、チェコはプラハで購入した物です。さすが人形の専門家だ。お店は世田谷だそうですね。私は杉並なんですよ。こうして言葉を尽くすよりもマリオネットの惨状を直接ご覧いただくほうが、ずっと手っ取り早いことでしょう。近いうちにお持ちして見積《みつもり》をお願いしてもよろしいですか」

頷いた。

「よかった。神田さん、いい方を紹介してくださいました。芝居のほう、ぜひごゆるりとお楽しみください。それから例の店でも、また近いうちに一献《いっこん》」

三人で会釈《えしゃく》しあう。

もしも会えたらどの本の感想をどう表現しよう、凡庸なことを云ったら莫迦にされないかしら、それとも素朴な言葉のほうが胸に響いたりするのかしら、などと考え尽くしていたのに、私に云えたのは「チェコ?」の一言だけだった。


「髪が伸びる? やっぱり日本人形ですか」

観劇後に誘われたロシア料理店で、つい八郎さんにもその話をしてしまった。なんで「やっぱり日本人形」と来たかといえば、それはもちろん、

「お菊人形の話でしたら、あれは――」

「そうそう、呪いのお菊人形」

「冨永くんによれば、あれはマスコミのでっち上げらしいですよ」

八郎さんはきょろりとした眼をいっそう大きくして、「そうでしたか。私は子供のころあの話が怖くて怖くて、それですっかり日本人形嫌いになってしまいました」

「迷惑な話ですよね、とりわけ私のような者にとっては」

「じゃあその持ち込まれた人形の話も、誰かのでっち上げなんでしょうか」

「まだ詳しく聞いてないいんですけど、本当に伸びるんだとしたら、なんらかのからくりだ、というのが師村さんの見立てです。まだ店にいるかもしれないから、ちょっと電話で訊いてみますね。じつはお芝居のあいだも、ずっと気になってて」

「今ですか」

と八郎さんに驚かれて、上げかけていた腰を座面に戻す。

「そろそろお料理が来ますよね」

芝居は、期待以上に面白かった。しかし女優の一人が前髪を切り揃えたまさに市松人形のような髪型で、彼女が登場するたびに私の心はそわついた。

主人公の青年に殺されてしまう年上の女性が、その女優の役どころだった。原作では油屋の女房だ。しかしこのたびの現代版では、青年は作家志望者、被害者は彼の才能を見込んでいる雑誌編集者へと、あっさり設定を変えられていた。現代劇で油屋というのは、たしかにリアリティを欠く。

殺害のとき油壺がひっくり返ってしまい、逃げるほうも追うほうも転び続けるのが原作の有名な演出で、いったいどう見せるのかと思っていたら、灯油だった。

行き違いから逆恨みが生じて、青年は家に招いてくれた編集者に刃物を向け、重傷を負わせてしまう。しかし致命傷ではない。

青年はその口を封じるべく、止めを刺そうとする。編集者は痛みをこらえて逃げまわる。挙句、真っ暗なボイラー室へと追い込まれてしまう。

窮地を脱するための編集者の一計が、灯油だ。彼女は手探りで見つけたポリタンクの中身を、入ってきた青年に浴びせる。しかし逆上した青年にポリタンクを奪われ、自分も灯油を浴びせられてしまう。ふたりとも喫煙者でライターを持っていることは、すでに示されている。

滑ったり転んだりではなく、いつどちらが火を着けるのか、という緊張感によって観客を惹きつける演出だった。

終盤は推理劇。殺害された女性の怨念を強く感じさせる原作とは、だいぶ趣《おもむき》が異なる。しかし人々が亡くなった女性について語るたび、物言わぬ彼女の姿が、舞台の端にぼうっと浮かび上がるのだった。私には人形に見えて仕方がない——。

「あの、やっぱり食事のまえに電話してみます。このままでいたら、せっかくのご馳走の味もわからないような気がしますので」

八郎さんは黙って頷いてくれた。私は座席を離れた。

店内にちょうどいい場所が無かったので、外に出て人形堂に電話した。案の定、師村さんが店に居残っていた。

「どうですか、あの市松人形」

「ずっと頭を撫でております」

「なんでまた」

「あの青年に、お祖母さんはどういった感じでこのいちまさんを可愛がっておられるのか尋ねまして、では私も同じようにしていたら髪が伸びるんではないか、と思ったんです。すみません、お机の中のデジタルカメラを勝手にお借りしました。記録をとっておこうと」

「もちろん構いませんけど——撫でていたら髪が伸びる？　そんなことってありうるんですか」

「この人形、普通のいちまさんと違って、つむじからの髪が、植え込まれています。表から植えられているのではなく、どういった手順でか、かしらの内部で結び留めるような手法が採られています」

「普通は膠《にかわ》で付けて吹くんですよね」

市松人形の髪は、頭の周囲においては平たい筆のような毛の束を、そのまま糊で接着する。つむじからの髪は、長い束の根元を膠で貼って、吹き広げる。これを髪吹きあるいは毛吹きという。そのあと前髪や横髪と馴染《なじ》ませ、切り揃える。

「よくご存じで」

思わず失笑して、「師村さんが教えてくださったんですよ、それに古い日本人形に無縁な生い立ちでもありませんし。じゃあその市松人形の髪は、リカちゃん人形みたいな感じに生えてるんですね」

「ええ。しかし遙かに細かい。作者の故意かそれとも偶然かはわかりませんが、この特殊な構造ゆえに『頭を撫でて可愛がっていたら、髪がすこしずつ伸びる』現象が生じたのではないかというのが、私の推理です。こうして撫でていて本当に髪が伸びたなら、ぜひレントゲンで中を覗いてみたいところです。どこか研究施設にでも頼むしかないんでしょうが。それからもう一つ、このいちまさんに関して、どうしても澪さんにお伝えしておきたいことが。いま申し上げちゃっていいですか」

「いま申し上げちゃってください。このまま通話を切られたら蛇の生殺しです」

「お心の準備はよろしいですか」

「よろしいと思います——はい、よろしくなりました」

「着物を脱がせて胴紙《どうがみ》を確認しました。舟吉左《しゅうきちざ》という銘が入っていました。小舟の舟に、吉兆の吉、〈わたしの彼は左きき〉の左」

「右左《みぎひだり》の左じゃ駄目なんですか」

「それで結構です。自分が左利きなものですから、つい」

「え、そうだったんですか？　お箸もペンも右ですよね」

「もちろん子供の頃、徹底的に矯正されたんです。そういう世代ですし、道具を逆に持つなんてことは許されない家庭環境でしたから。でもエレキギターを弾くときだけは逆さまです」

「ええっ、師村さんがエレキギターを？」

「おかしいですか」

「個人的には、左利きの六十四倍くらいの衝撃です」

「今は押入れに仕舞いっぱなしで、きっと絃も錆びていることでしょう。いちまさんを持ち込まれた彼から、演奏会に誘われましたよ。思い切って足を運べば、ギター熱も再燃するかもしれません」

「そうとう激しい音楽性みたいですよ」

「その点は大丈夫です。私もハードロックを演《や》っていましたので」

私が絶句しているものだから、師村さんは電波状況が悪いと思ったらしく、

「もしもし？　ハードロックです。聞えますか、ハードロック」

「じゅうぶん響いています」

「話を戻してよろしいですか。『ふね・きちざ』とも『ふなよし・ひだり』とも読めますが、姓名を縮めての『しゅうきちざ』という号と判断すべきでしょう。珍しい名ながら、私の見聞《けんぶん》の及ぶところではありません。しかし個人の銘が入れてあるんですから、それなりに重用されていた職人と考えられます」

「普通は銘を入れないいんですか」

「まさしく無銘、が通常ですね。ほかに判子が二つ捺してあります。一つには『積羽沈《せきうちん》舟《しゅう》』と彫られています。たとえ鳥の羽毛のように軽い物でも積もり重なれば舟が沈む、という故事成語で、塵《ちり》も積もれば——という意味です。舟の字があることから、これは舟吉左が捺したものでしょう。この人物は自分の名から故事を逆さに捉え、細かい仕事を怠るべからず、という自戒として使っているようです。小さな怠慢が重なれば舟が沈む、と。大した教養とユーモアです」

「私が腕にでも彫ってもらうべきですね」

「そのときはお誘いください。私も彫ります。しかし本当にびっくりさせられたのは、もう一つの判子のほうです。玉阪屋、と読めます」

古く、市松人形は裸で売られていた。着物は、買った家で縫って着せた。

胴紙というのは、裸の市松人形が腹巻きのように纏《まと》っている和紙——ラベルだ。

髪が伸びる人形の作者は、玉阪屋が抱えていた職人——？

頭のなかをすっきりさせてからロシア料理に臨もうと思っていたのに、逆に竜巻に見舞われてしまった。

「やっぱり、誰かの怨念がこもった人形だったんですか」席に戻った私に、八郎さんが問いかけてきた。

よほど混乱が顔に出ていたのだろう。テーブルにはすでに前菜の皿が置かれている。八郎さんは手を付けずに待ってくれていた。

「ごめんなさい——いえ、からくりだろうという所見は変わってません。頭部のレントゲンでも撮ったらはっきりするんでしょうけど、そういうのって研究施設じゃないと無理ですよね、まさか脳外科に頼むこともできないし」

「レントゲンですか。レントゲンねえ」八郎さんは口に運ぼうとしていたフォークを皿に戻して、「歯医者では？　最近のクリニックでは、レントゲンで歯肉の内部の状態を確かめてから治療しますよね」

「——そうか、歯医者。私もレントゲンを撮られたことがあります」

「私が行付けのクリニックに相談してみましょうか。これまた院長が飲み友達でもありまして」

すくなくとも一旦は遠慮の言葉を口にすべき場面なのだろうが、そう考えるよりさきに頷いてしまっていた。真相を突き止めたかった。だって玉阪屋の人形なのだ。

だんだん食欲が復活してきた。前菜の魚の酢漬けを切りながら、「小説家に、歯科クリニックの院長。凄い人脈ですね」

「ちっとも凄くなんてないですよ。人間、歯医者にも行けば取引先にも顔を出します。酒場には芸術家もいれば政治家もいる」

「政治家が通うなんて、よほどの高級店でしょう?」

「と思うでしょう。ところが学生でも入れるくらいの店に独りでふらりと入ってきて、私たち庶民とお互いの趣味の話なんぞ交わし、またね、と帰っていく政治家だっているんです。かつては首相候補と目《もく》されていたほどの人です」

やや肩の荷が下りたばかりだったせいか、私は素直に感銘を受け、そういう話をさらっとできる八郎さんにも、いっそう好感をいだいた。

——最初の食事へのお誘いは、二週間前。

あのときはすこし迷惑に感じていた。でもうっかり怒らせて八つぁんの契約を切られては事なので、「店のため」と思って出掛けたのだった、相手に不審な挙動あらば、あとさき考えず逃げ出すことは大前提として。

しかし八郎さんの態度は、私の悪いほうの予想を完璧に裏切ってくれた。ひたすら八つぁんを得られた喜びを語り、配った顧客の反応を私に伝え、人形たちにまつわる苦労話には熱心に耳をかたむけてくれた。馴れ馴れしい態度は一瞬たりともなく、私はひたすら貴婦人のように扱われた。

女性として意識されていることに気付かないほど、私もうぶではないというか、もうそういう年齢ではない。そしてその晩のうちに私のなかの針は、「女として見られてしまった」が「見てくれている」へとだいぶ振れたのである。ただ――。

冨永くんは私が勝手に張り切っていると解釈したようだが、着眼点だけは鋭い。じつは、なんとなく懸念していることがある。

私は、彼のなかで極度に理想化されているのではないかと、ハイヒールをプレゼントされたとき感じた。店を閉めて後片付けをしていたら、とつぜんドアを叩かれたのだ。開けると、大量の靴の箱を抱えた八郎さんが立っていた。いったいなにが起きたのかと思った。

冨永くんはもちろんのこと、師村さんも帰ったあとだった。デザインは同じで、複数色、複数サイズのハイヒールを八郎さんは持参していた。彼の口から語られた事情は、冨永くんに教えたとおりだ。

厭《いや》ですとも困りますとも、私には云えなかった。伊達《だて》や酔狂《すいきょう》で取り揃えられる数量ではない。真剣に靴の取扱いを考え、迷った挙句の私への相談だったのだろう。

でも私がなかの一足を履き、すこし歩いて見せたときの、彼の拍手せんばかりの喜びようは、なんとなく居心地が悪かった。

高い視点から見渡した人形堂の店内は、いつもより狭く見えた。

八郎さんは素敵な人だ。見た目が好みというわけではないが、まさしく紳士。一緒にいて退屈したことはない。私の言葉の逐一に耳をかたむけ、私が黙れば、次から次へと目新しい話題を繰り出してくれる。

でもそんな彼と接しているあいだの自分が、いつも薄皮を纏《まと》っているような気も、私にはするのだ。「気さくで洒落《しゃれ》た紳士に釣り合う女性」を、無意識のうちに演じようとしている。

そのうち慣れて、内なる自分と融合していくのだろうか――。

「それにしても人形堂の立地は素晴しい。昔からあの場所ですか」

「祖父母の店だったんです。今は半ばシャッター通りですけど」

「シャッターが閉まる第一の原因は、後継者がいないことです。その点、人形堂はなんの問題もない。立地の面でも、ただ人形を扱うだけじゃなく、人形を観賞できるカフェのような展開も望めそうだ」

「人形を扱うだけじゃ駄目でしょうか」

私は素朴に尋ねたのだが、八郎さんは妙に慌てて、

「それはそれで、素晴しいことだと思います。飲食店への卸《おろ》しが仕事なものですから、つい口幅ったいことを。忘れてください」

かぶりを振った。「経営のプロからアドヴァイスをいただけるのは、とてもありがたいんです。私は純然たる素人の状態で店を引き継いでしまって――もし冨永くんと師村さんがいてくれなかったらと想像すると、今も本当にぞっとします」

「師村さんも凄い人物とお見受けしますが、それにしても冨永くんは天才ですね。八つぁんをプレゼントしたお客さんの反応でわかります。半分くらいの人が、すぐさま頭に載せて携帯で自分の写真を撮ります」

「本当ですか」

「だって私も撮りました」

八郎さんはスマートフォンを取り出して、特注八つぁんを頭に載せて自分を撮った写真を見せてくれた。その真顔に、私はおなかをかかえて笑った。

「人形修復という隙間産業への着眼といい、堅実な経営ぶりといい、あなたの才覚には、一経営者として脱帽します。人形堂の前を通るたび、私はほっとした気分になりますよ。ゆいいつ残念なのは、うちに壊れてしまった人形が無いことです」

さすがに面映《おもは》ゆく、話題を逸らそうと、「買ってくださったビスク人形、おうちに置

かれてみて、いかがです」

「もちろん素晴しい。ご存じのように恥ずかしながらこの歳まで独り身でして、帰宅したときのあの『待っていてくれた』感覚は、筆舌《ひつぜつ》に尽くしがたいものがあります」とウォッカを口に運ぶ。吐息して、「というくらいだったら、誰にでも云えますよね。より本音を？」

「ぜひ」

「云ってしまっていいですか。覚悟のほどは？」

「覚悟しました」

「あなたに見えます」

気の利いた切り返しを懸命に考えているうち、ボルシチが運ばれてきて、でん、でん、とテーブルに置かれた。ウェイターの態度はぞんざいながら、

「うわあ、美味しそうですね」とそちらに話題を移せて、ちょっとほっとした。

ところが私には、それを完食できなかったのだ。ばつが悪いったらない。

ボルシチの味にはけちのつけようがなく、分量がとくべつ多かったわけでもない。

問題は、お皿の中身が半分になった頃、店内に入ってきた一組の男女だった。その姿を目にした途端、私の胃袋は縮こまってしまった。

座席に着いた男性のほうが、間もなく私の存在に気付いた。

ぽかん、と口を開いている。

このとんでもない偶然のお蔭で、私は以降の料理をどれも半分しか食べられず、特製のピロシキは、人形の頭を撫で続けているであろう師村さんへのお土産《みやげ》と化した。


「誤解すんな」

帰途、予想どおりかかってきた電話で、そう完全に予想どおりのことを云われ、すっかり幻滅してしまった。もともと幻想も無かったけれど。

「おほほほほ、どんな誤解ですこと？」

「商談だよ。創作人形を注文された」

「それはおめでとうございます。でも後ろめたいことがないんだったら、なんで私に言い訳の電話なんかなさっているのかしら」

「そっちこそなんだ。どこのどなたさんとだか知らないが、髪盛り上げて鼻の下をでろんとさせて」

「そっちこそ？　こっちこそ商談です——厳密にはそれに付随するイヴェントですが。でも、よしんば私とあの方となにかあったとしたって、誰になんの文句を云われる筋合もございません。でもそっちはなんですか。香山《かやま》リカさんは人妻ですよ？」

「だから、そこんとこを誤解するなと。いっぺん資料を見ながら詳しい相談をしたいと、彼女の行付けのあの店へと誘われた。そりゃあ悪い気はしなかったし、俺だってたまには立派な飯が食いたい」

「誤解した覚えはありませんし、誤解しているとしたってそんな話をする相手もいませんから、ご安心を。ご用件は以上ですか」

「以上だ」

「さようなら」

「幸せにな。俺も幸せになる」

「だから束前《つかまえ》さん、あの相手は――」

どちらの話をしているのか自分でわからなくなり、次の言葉を探しているうちに通話を切られてしまった。

疲れた。なんなの、今日って。二十歳の誕生日にだって、今世紀が始まった初日にだって、こんなにいろんなことがまとめて押し寄せたりはしなかった。

「お帰りなさい」と人形を抱いた師村さんが工房から出てきた瞬間、まるで生まれた家に帰ってきたように、心底安堵した。

「お疲れさまです。でも師村さん、大丈夫なんですか？　もう上りの終電が――」

「逃してしまったようです。工房での夜明かしと、明日の遅い出勤をお許しください」

「許可します、もちろん」

「お代を頂けるかどうかもわからない、こんな作業に夢中になっていること自体が申し訳ないんですが、もうすこしで真相に至れそうだと思うと、ついつい」

「その人形の髪、どうですか」

「ほんの僅かにですが、部分的に伸びたような気がしています。撫でられることによって平たくのされたのを、私がそう錯覚しているだけかもしれません。マーキングしている何本かについて、明日計測してみようと思います。天候の影響なども考えますと、かなりの期間にわたっての、地道な計測が必要かもしれません」

「本当にお疲れさまです。ほかの作業も抱えていらっしゃるのに」

師村さんは軽く頭を振って、「澪さんこそ、なんだかお疲れのようです」

「——正直、今日は疲れました。その人形や古い玉阪屋の話にも、ハイヒールにも、ボルシチとウォッカにも。そうだ、師村さんにお土産があったんです。ピロシキ。私は喉を通りそうになくて、八郎さんも一つで遠慮されて、けっきょく三つも貰ってきてしまった。焼いたのと揚げたのと二種類あるんです」

「ピロシキですか。懐かしい」

「よく召し上がっていたんですか」

「いえ——たぶん一度きりですね。子供のころ、あるとき父が、どういう風の吹きまわしかロシア料理店に連れていってくれまして」

「美味しかった？」

「それはもう」

「階上《うえ》で着替えて、温めてきますね」

約十分後、また店へと下りていった私は、スウェットパンツにスウェットパーカという、この上なく解放された姿でいた。右手には温めたピロシキの載った皿、左の脇には紙パックの安ワイン、足を入れるは合皮のつっかけ。なんだか思いっきり無敵な感じがする。

師村さんは市松人形を裸にして待ち構えていた。運んできた物を机に置いた私に、胴紙の印影を示して、「どう読めますか」

「――玉阪屋、ですね」

「舟吉左というこの無名の職人が、もし計算尽くで髪がすこしずつ伸びるからくりを作ったんだとしたら、その才覚たるや空恐ろしいものがあります。その彼を重用していたのが、かつての玉阪屋。正直、身震いしましたよ」

「すこしずつ伸びる、というのが、私の頭ではよくわからないんです。植物みたいに生育させることなんてできませんよね」

「それが可能だったら、世の男性の大きな悩みが一つ減りますな」

「だとしたらもう、あらかじめある程度の分量の髪を、かしらの中に仕込んであるとしか――?」

「としか考えられませんね。断続的とはいえ何十年も生きてきた仕掛という話にもなりますから、かなり長い人毛の束が仕込まれている勘定です」

「ぐいって引いたら、ずるずる出てきちゃうんじゃないですか」

「そこですよ」と師村さんは語気を強めた。

話が長くなりそうだったので、私はひとまず流し台へと歩みながら、「とりあえずピロシキを食べながら。ワイングラスは湯呑みでいいですか。すこし私に付き合ってください」

師村さんはうわの空のていで頷いた。

「穏やかに飲んでクールダウンしないと、今夜は眠れそうになくて」

「澪さん、シューベルトです」と湯呑みを運んでいる私に叫ぶ。

「音楽、流しますか」

「いいえ、興奮してシーボルトと云いそうになって、間違えまいとしてもっと間違ってしまいました。云いたかったのはシートベルトです、自動車の安全ベルト。この譬《たと》えがいちばん的確でしょう。じつは私も澪さんと同じように考えて、試しに髪の一本だけを引っ張ってみたんです。抜けません。びくともしない。シートベルトは強く引くとストッパーが掛かります。伸びるのは優しく引いたときだけ。それと同様の緻密な仕掛が、この人形のかしらには仕込まれている——私はそう想像しているんです。いや、そう期待している」

私は湯呑みにワインを注ぎながら、「期待、ですか」

「ええ、それほどの職人芸と心意気に——たとえそれが、悪魔に捧げる呪わしい人形であれ」

師村さんは、久し振りに私の前でお酒を口にした。

「美味しいですね」

「安ワインですみません」

「本当に美味しいですよ。私は幸せ者だ。好きな仕事を心行くまでやれるうえに、こんなご馳走まで頂ける」

「ご馳走だなんて。せめてピロシキ、冷めないうちにどうぞ」

「ありがとうございます。むかし親父と食べたのは、こっちのほうです」

彼は焼いたほうのピロシキを半分に割り、口に運んだ。

「美味しい」

じんわりとそう云われて、なんだか切なくなってきた。インターネットでピロシキのレシピを調べておこう。それならきっと、師村さんも夜食として差し入れたとき手を付けてくれるだろう。

「どうぞ、よかったら三つとも。それからレントゲンの件ですけど、八郎さんが懇意《こんい》な歯医者さんに――」

口を滑らせた、と思った。私のなかで一つの決意が固まりつつあったからだ。

しかし師村さんは大きく頭を上下させ、「そうですね、いや参りました。歯科医とは思いつかなかった。素晴しい。あの丹精された人形のかしらを、からくり見たさに開くだなんて、私には恐ろしくてとてもできません。でもレントゲンが撮れたなら――すべてがわかるかもしれない。なんと素晴しい」

†

数日後の夕刻、私は八郎さんと共に、新宿のビルの地下のバーにいた。あの小説家も一緒だった。彼らが知り合って意気投合したという、例の場だ。

前回は気も漫《そぞ》ろで、失礼がハイヒールを履いているようだった私に、お誘いを断る余地はなかった。常連と思《おぼ》しい人々の誰もが八郎さんと小説家に声をかけ、ついでに私にも声をかけてくださる。

「人形の修復」とだけ云うと、大概の人がきょとんとなる。雛人形や、ソフトヴィニルの人形や――と具体的に挙げると、途端に話がはずむ。

「マネキン人形も扱われるんですか」と訊いてきた男性がいた。

「手掛けたことはありませんが、うちの職人なら大概のことは解決できると思います。お持ちなんですか。アパレル系のお仕事？」

いえいえ、と彼は照れ臭そうに笑って、「子供の頃、近所の洋品店にとても綺麗なマネキン人形が飾ってあって、それが僕の初恋の人なんです、よく硝子越しにじっと眺めていたな」

東前さんが作っているラヴドールを想起したが、なんだか癪《しゃく》で、その話題は口に出さなかった。癪に感じているという自覚がまた癪だった。私はなんで、あの陰気で身勝手で目付きも口も悪い人のことなんか考えているんだろう？　香山リカさんに敵愾心《てきがいしん》を煽られてしまったんだろうか。

原因がなんであれ苛立つ。こんど藁《わら》人形を仕入れようかってくらいに苛立つ。

「こういうのも売ってらっしゃるんですよね」と店のマスターがカウンターの下からチェック柄の八つぁんを取り出し、お客さんたちに披露した。

八郎さん、ここにも配ってくださったんだ——というだけでも驚きだったのだが、マスターがごく自然にそれを自分の頭に載せ、顔の前に垂れ下がった足を耳に引っ掛けたときには咳きこみそうになった。

「ほらね」と八郎さんが頬笑む。

ほかのお客さんたちも八つぁんを被りたがり、その写真を残したがり、しばらくは撮影会と相成った。

愉快だった。ずっとこんな空気のなかで生きられたらいいのに、とさえ思った。

一つの小さな出来事が、そんな私の頰を張った。だいぶ聞し召《きこめ》したお客の一人が八つぁんを取り落とし、別のお客がそれを踏み付けそうになった瞬間があった。

踏むな、と叫んでその人を押しやり、八つぁんを拾ってくれたのは、すこし離れた場所にいたかの小説家だ。

「危ないところでした」と私に手渡してくれた。「チェコのマリオネットにも迫るオリジナリティだ。いずれ僕も買わせていただきます。縫われた職人さんによろしくお伝えください」

はたと私は、彼がものを創っている人であることに思い至った。そのあと小説家は、押し退けた人に深々と頭をさげて謝っていた。

私は立つ瀬がなかった。本当は私がいち早く拾うべきだったのだ。でも足が動かなかった——履き慣れないハイヒールのせいで。

思わず八郎さんを振り返る。その表情を確かめるよりまえに、携帯電話が震えはじめた。私は喧噪を避けて階段に出た。冨永くんからだった。

「家から？　それともまだ店？」

「なんとなく残業中。バンドマン来たり。市松人形返してくれって」

思わず声を荒らげた。「なんで？　なんで？　せっかく師村さんが――」

「どうどう。お祖母ちゃんが淋しがってて、そのさまを見るに忍びないんだってさ」

「師村さんはなんて云ってるの？」

「せめてレントゲンまで、と説得中」

レントゲン――八郎さんの伝《つて》。気が重くなったが、玉阪屋の末裔としては、そう云ってもいられない。「彼、いま店にいるの？　いかなる手段を使ってでも早急にレントゲンを撮りますから、せめてそれまでお祖母さんを宥《なだ》めておいてほしいと伝えて。いま戻したら、師村さんの計測が台無しになっちゃう」

「わかった。云ってみる」

がやがやと遠くでなにか云い合っているようなノイズ――じゃなくて、これはバーからの騒音かしら。ああ、もどかしい。

「伝えたよ」

「どうって？」

「ライヴ、来てくれますかって」

「行きます。行きますとも、店員総出で」

「あとさ、胴紙に出自が玉阪屋って証拠がと教えたら、澪さんに直接云いたいことがあるって」

「替わって」

ややあって、男性にしては高いあの声で、「あ、もしもし」

「もしもし、店主です。先日はそう見えなかったかもしれませんが、私が店主です」

「さっき玉阪屋って判子を見たんすけど、この人形、ここで売ってたもんだって認識でOKっすか」

「ええ。店の場所も規模も経営形態も変わってますけど、玉阪屋の直系はうちです」

「まじすか」

「まじです」

「うわ、やべ」

「やばいっすよね」

「千載一遇《せんざいいちぐう》っすね」

「というわけで、もうすこしだけ、その人形を調査させていただけませんか」

冨永くんと師村さんがうまく執り成してくれたのか、ライヴに行くというのが効いたのか、彼はあんがいあっさりと、「それはもう――祖母ちゃんには代わりのなんかを渡して耐えてもらうってことで、しばらくはなんとかなると思うんすけど」

「なんでしたら、代わりの人形を貸し出しますから」

「まじすか」

「やっぱり市松人形がいいですか」

「いや、俺が思うに――やっぱオクトパスじゃないっすか」

「まじすか」

「まじっす。で、俺の話なんすけど、俺も俺なりに、もうちょっとこの人形の事情をちゃんとわかっとかないと、フクロかなと思って――」

「フクロ？」

「袋叩き」

「誰から？」

「この店」

「ありえませんが、続きを」

「祖母ちゃん、もうほとんど耳が聞えないんで、筆談で、もともとこの人形って誰が誰のために買ったもんなのか、訊いてみたんすよ。そしたら、俺も初めて知ったんすけど、祖母ちゃんにはほんとは姉ちゃんがいて、十歳くらいで死んだらしいっす。で、なんかその代わりみたいに、親戚の職人が作って持ってきたって」

「子を亡くした親御さんのために？」

「ま、そういうシチュエーションっすかね」

遺髪だ、と直感した。

舟吉左は、死んだその子の髪を——親が撫でれば撫でるほど——。

私は電話を持っていないほうの手を握り締め、掌に爪の先を押し付けた。

「澪さん」

振り返ると、階段の下方に八郎さんが立っていた。私の眼が潤《うる》んでいるのを見て取ったのだろう、

「いや、あとで」と下りていく彼を、

「待ってください、いま切りますから」と引き留める。

今夜の私には重要な課題があるのだ。この機を逃すわけにはいかない。

電話機に向かって、「店の者に替わってください」

数秒後、

「ほいよ」と冨永くんが出てきた。

「八つぁんの件、よろしく」

「意味がわかんない」

「バンドマンにはわかる」

通話を切って視線を落とした私を、八郎さんはつくづくと見上げた。「あなたは美しい。今日もハイヒールを履いてきてくださったんですね」

私は反応のしどころに困って、「これ、高さの割に本当に履きやすくて——」

「私はあなたに見合う男になろうとして、まさにそんな感じの背伸びばかりをしてきました。そのせいか今夜は、少々疲れてしまった」

「――はい？」

「あなたには人形堂があり、素敵な人々に囲まれてもいて――その世界に私が入り込むには、いったいどれほどの修業が必要なんでしょうか」

自分が云おうとしていたのとほぼ同様の科白《せりふ》が相手の口から発せられるさまに、私は不条理な夢をみているような心地で立ち会っていた。

「まだ諦めきれませんが」八郎さんはそう静かに笑って、バーの喧噪のなかに戻っていった。

私は当分のあいだ、階段の半ばに立ち尽くしていた。

もしかして私、いま優しく振られた？

恐る恐るバーへと下りて、

「私はそろそろ」とマスターに、小説家に、そして八郎さんに会釈《えしゃく》する。「抱えている大仕事がありますので」

八郎さんは私と目を合わせなかった。

落胆と解放感と、もう一つ、なにか正体の知れない感覚を抱えながら、店を立ち去り、電車に乗る――独りで。

最寄り駅から店までの途上でようやっと、不明だった感覚のなんたるかに気付いた。なんだかんだで、今夜の私はずいぶん緊張していたのだろう。その単純な原因に気付いた途端、独り笑いしてしまった。

私は、足が痛かったのだ。

世田谷とはいえ、深夜のシャッター通りの人通りはわずかだ。私は思い切ってハイヒールを脱いだ。煉瓦張りの夜の歩道の冷たさに、生まれて初めて肌を接した——ストッキング越しだったけれど。

手に靴をぶらさげて歩くなんて、小学校以来だ。歩むほどに愉快な気分になってきた。この体験を与えてくれた八郎さん、これだけでも、本当にありがとう。

店には例によって師村さんが居残っていた。人形を抱いたまま出てきて、「お帰りなさい」

「ただいま」

「おや、背が元通りですね」

「魔法がとけたの。その子の髪、伸びました？」

すると彼はとても嬉しそうに、「はい。わずかにですが、間違いなく」

八郎さんが私を食事に誘うことはなくなったけれど、それでも以前とそう変わらぬ頻度で店に顔を出される。レントゲンに関しても、約束どおりに話をつけてくれた。

クリニックの一室のモニターに投影されたその写真は、私と師村さんをおおいに驚かせた。人形のかしらの中のうつろに写っていたのは、渦を巻いた髪の毛の束だけだったのだ。

師村さんが想定していたからくりの、かの字も無い。

「けっきょく一切が、偶然の所産だったのかしら」と私は結論しかけた。

しかし愕然たるさまでモニターを覗きこんでいた師村さんが、はたと膝を叩いて、

「――毛穴だ」

「毛穴に、なにか仕掛が？」

「仕掛というより、毛髪の摩《ま》擦《さつ》を計算し尽くした、恐ろしく緻密な細工です。引いても抜けない、撫で続けることによってのみ、僅かずつ引き出される。ただの孔《あな》じゃない。いったいどんな――髪を植えたあとで、弁の役割を果たす塗料か何かを毛穴に？　それとも毛にあらかじめ工夫を？　どうあれ神業《かみわざ》です。親戚のお子さんが亡くなったからといって、即座に考えつくからくりではないでしょう。彼はずっと研究していたんだ、優しく撫でるほどに髪が伸びる人形を。恐るべし、舟吉左」

師村さんは不意に、両手で顔を被った。ぎゅっと、まるで小さく小さく、子供に戻ろうとしているかのように。

泣いてる？　私はなんとか場を取り繕おうと、「あの——でも、師村さんの推理どおりでも不思議はなかったんだし、師村さんだったら、きっとそういう凄い人形を作れるとも思いますし」

「お気遣いなく。悲しいわけではありません。嬉しいんです」

「この結果が、ですか」

「人の手業《てわざ》の奥深さに、感じ入っております。無限だ。澪さん、私は嬉しいんです。私の人生はどうやら無駄ではなかった。無限へと繋がっておりました」

市松人形を引き取ろうという日、バンドマンはお祖母さんその人を、タクシーで店まで連れてきてくれた。

カラフルな服を着た、とても小さな人だった。風雪《ふうせつ》に耐えてきた、皺《しわ》だらけの立派なお顔だった。店に入るや、抱えていた赤い八つぁんを誇らしげに頭に載せて、その足を耳に掛けた。

「お似合いですよ」

と富永くんが笑いながら云ったが、残念ながら聞えていない様子だ。

バンドマンがポケットからメモパッドを取り出し、すらすらとそこに走り書きをして見せる。

お祖母さんは冨永くんに握手を求めた。

「このオクトパス、祖母ちゃんがまじで気に入っちゃったんで、俺が買いますから。それと、なんてんすかね——調査費？」とバンドマン。

「でも、こちらもレントゲンの費用くらいしか——」

「後日、人件費から割り出します」と冨永くんが私の言葉を遮《さえぎ》った。「なるべく安めに設定しますが、きっちりと請求しますよ。こっちも趣味じゃないんだから、あなたの音楽と同様に。問題ないですよね」

バンドマンは深く頷いた。「問題ないっす。俺が払います」

「ご家族に理解していただけるよう、僕が報告書を作りますよ。わが玉阪人形堂の一流の職人が鑑定した結果、その人形の髪は可愛がられるほどに伸びて当り前です、と。報告書の費用はサーヴィスします。澪さん、シムさん呼んできて」

まるで冨永くんが店長である。実際にその面もあるし、いつか経営全般を彼に託するべきではないかとも、つねづね考えている。

工房の暖簾《のれん》をめくると、声が聞えていたのだろう、師村さんはすでに人形を抱えて腰を上げていた。「着物の綻《ほころ》びを直しておきました。それにしてもこのいちまさんは、本当に美しい。髪が伸びようが、伸びまいが」

師村さんが差し出した人形を、耳の聞えないお祖母さんが抱き締め、姉さま、と口走った瞬間、からくりにまつわる推理、玉阪屋の職人にまつわる因縁話、私のこのところの七転八倒——そんななにもかもが、ふたりの狭間に吸い込まれてしまったような気がした。

——姉さま、ずいぶん時代が変わりました。

——姉さま、今日も悲しいことがありました。

——姉さま、それでも私は頑張って生き続けます。あなたのぶんもね。

三

小田《おだ》巻姫《まきひめ》

修理の依頼数や縫いぐるみの販売数には、波がある。この高低差が莫迦にならない。

お節句《せっく》が近いわけでもないのに連日のように日本人形が持ち込まれる月があったかと思えば、テディベアばかりが売れて生産が追いつかない月もある。

逆もまた然り。三人揃って閑《ひま》な日が続き、この調子が普通になってしまったら店仕舞《みせじま》いを覚悟しないと――と私が思い詰めはじめた矢先、「テレビで紹介されたんですか」というほど千客万来《せんきゃくばんらい》の日があったりして、もうスリリングったらない。

八郎《はちろう》さんに月々納品する一ダース以外、八《はっ》つぁんの動きがぱたりと止まってしまった時期があった。三个月のあいだ、ただの一体も売れなかった。

記録が四个月めに突入すると、何事に対しても異様なほど自信満々な冨永《とみなが》くんの顔から、さすがに笑顔が消えた。

「もっと売れる新製品の開発に力を注げという、天の声なのです」

励ますつもりでそう云い続けたのだが、今となって振り返ってみれば、私は連日、彼をじりじりと追い詰めていたのである。

†

鞄から取り出したそれを、冨永くんはテディベアのパーツが整理された書類棚の上に鎮座させた。そして大きな溜息をひとつ。

私は物珍しさに近寄り、「これも修理するの？　冨永くんが？」

「ううん。どこも壊れてないし」

「びっくりした。金属加工までできちゃうのかと思った」

「触ってもいいですよ」

彼が云うので、台座にだけ触れて向きを変えては、いろんな角度から観察した。自動車にでも使われていそうな、ごっつい金属のボルトとナットだけで出来た、高さ十センチくらいの人形である。

六角のボルト頭と同サイズの六角ナットと、その間に挟んだ二つの小さなビスで、人の頭部が表現されている。十字の溝が入ったビス頭が眼だ。眼がばってんになった漫画の表現みたいで、素材の冷たい輝きとは裏腹に可愛らしい。

胴体も、ボルトの続きとそれに嵌ったナットだけで表現されている。足先はずっと小さなナット、手は半分に切断された中くらいのナット、抱えているギターもボルトとナットの組合せ。そう、この小さな金属のリリパットは、愉快なことに音楽を奏でているのだ。

「ぜんぶボルトとナットだけ？」

「徹頭徹尾、ステンレスのボルトとナットのみ。ちゃんと熔接《ようせつ》で固定してあるから手にとっても大丈夫だよ」

私はほっとして笑い、「下手に触ったら、ナットの位置がずれて人形じゃなくなっちゃうんじゃないかと思って、どきどきしてたの」

いざ手に取ってみると、大きさからは想像がつかなかった、どっしりとした重量感があった。

「一貫してこういう作風の人なの？」

冨永くんは怪訝《けげん》な顔をし、やがて冷淡に頷いて、「どちらかというと、梯子や脚立《きゃたつ》。それ、作家ものでも既製品でもないよ。僕の友達のお父さんが、仕事の合間にその場にある物を利用して、趣味で作ってるだけ」

「凄い。ギターの——なんて呼ぶの？　握るところの金属のライン」

「フレットのことかな」

「それはねじ山で表現してあるのね」

「僕がジョンスコが好きだと知ってプレゼントしてくれたんだ。きのう届いた」

「ジョンスコってなに」

「ギタリスト。ジョン・スコフィールド。お聴かせしましょうか」

冨永くんは壁際に積まれたオーディオ機器を操作しはじめた。家に余っていたとかで持ち込んできて、私がときどきFM放送を聴く程度だった店のスピーカーシステムに連携させたものだ。彼の携帯プレイヤーも接続できるようになっていて、その膨大なコレクションからBGMを選択できる。

普段は元のシステムにスウィッチングされていて、私が自由にラジオを流せるのだが、いい番組をやっているとは限らない。「なにか、こう、ぱっと気が晴れるようなもの」なんて漠然たるリクエストをして、冨永くんに任せてしまうことが多い。

やがて店内に流れはじめたエレキギターの旋律は、捉えどころがなく、上手《うま》いのか下手《へた》なのかも私にはわからなかった。ときどき速く弾いているから、きっと上手いのだろう、という程度。

「どう?」

「これってジャズなのかしら」

「おおまかに云えば」

「私にジャズは解らないということだけはわかりました」

「聴き慣れれば心地好くなってくるよ」

「でもお客さんがいるときには流さないで。ときどき胃が捩《よじ》れそうになる」

「ジョンスコはよくアウトサイドするからね」

下手に質問して説明を受けても、きっとちんぷんかんぷんなので、

「そうね」

と云ってすませようとしたら、失笑された。

工房の暖簾《のれん》を分けて、笑顔の師村《しむら》さんが顔を出す。

「これはこれは、ジョンスコですね」

「師村さん、聴いただけでわかるの」

私が派手に驚いたものだから、彼は逆にたじろいで、

「それはもう。なにせマイルスの許にも在籍した名手ですし、音色もアウトサイドの仕方も特徴的ですから」

「そうね」

と冨永くんから口調を真似され、つい少女のように唇を尖らせてしまった。

「そちらもジョンスコじゃありませんか」

と師村さんから手にしていたボルト・ナット人形を示され、さらにびっくりした。

「この造形だけで誰だかわかるんですか」

「いえ、なんとなくですが」

「そうですよ」冨永くんが頷いて、その来歴を説明する。

私は人形を師村さんに手渡した。

ほほう、といたく感心している。「きっとご自身も楽器をお弾きになるんでしょう。それにしても無骨な部品の単純な組合せで、額に滲《にじ》んだ汗まで見えてくるようだから不思議です」

「ほかのミュージシャンを作っても、ちゃんとその人に見えるらしいですよ」

「どの辺がジョンスコ?」つい尋ねた私だったが、その本人を見知りもしないのになにを訊いているんだか。

しかし師村さんは真剣な顔付きで、「ギターを抱える位置や、身のかしげ方や——しかし似たようにして弾くギタリストはたくさんいますし、やはり全体の雰囲気が、としか。水墨画に、描かれていない細部や色彩が見えるようなものでしょうか」

「それが仕事の合間の手すさびだっていうんだから、僕、軽く凹《へこ》みましたよ」

今日はとくべつ元気がないと思っていたら、八つぁんが売れない悩みに加えて、アマチュア作品の出来映えにもショックを受けていたのか。

師村さんはあくまで優しく、「日頃から金属を扱っていらっしゃる方には、その声が聞えるのかもしれませんね——こう曲げて、こう熔接してくれ、そうしたら自分はジョンスコになれる。一方で冨永さんには、布と糸の声が聞えます」

冨永くんは彼にしては謙虚に頭を振った。壁の時計を見上げて、「そろそろかな」彼がそう云った直後に電話が鳴りはじめた。

「そろそろってこれ？　冨永くんに？」

彼は首をかしげていたが、取った受話器をいちおう彼に手渡した。

すぐに突き返された。「川獺《かわうそ》って誰？」

私も師村さんも息をつめた。私が受話器に耳をあてると、相手は束前《つかまえ》さんだった。

「ジョンスコが流れてるな」

「束前さんにもわかるの？」

「アウトサイドが独特だから。ところで坊やは川獺を知らないのか」

「たぶん。私から説明したことはありません」

「奴の倉庫が燃えた。蒐集品の半分が灰になったそうだ」

転売で儲けてきた人形や絵画の蒐集家だ。本名の川瀬《かわせ》をもじってそう呼ばれている。かつて師村さんを陥れた人物でもあり、面識はないものの私のなかの人物評価ランキングでは最底辺に位置する。

「貴重な人形もたくさんあったんじゃないのかしら」

「あったろうな。しかし燃えてしまったものを悔やんでみても仕方がない。問題はそのさきだ。ほかの人形蒐集家の自宅や倉庫も、このところ立て続けに放火に遭っている。

さいわいどれも小火《ぼや》だったが、コレクターは念のため、一切合財《いっさいがっさい》を別の場所に移した」

ただ「コレクター」と、あるいは「軽井沢」と東前さんが呼ぶとき、それは軽井沢に住む資産家の老女を指す。通称のとおり人形のコレクターだが、こちらは転売目的ではない。ひたすら貪欲《どんよく》に買い漁《あさ》る姿勢はどうかと思うものの、世の人形作家にとってありがたい存在であるのは間違いない。

「いかに富豪とはいえコレクター個人じゃセキュリティに限界がある。もはや自治体と組んで美術館にするほかあるまいと云ってるな」

「犯人はわかってるんですか」

「川瀬のところの防犯カメラに犯人らしき男が写っていたものの、肝心の放火の瞬間は捉えられていなかった。姓名は割れたが不法侵入にしか問えまいって話だ。川瀬とは縁もゆかりもない人間だよ。そして人形とも、絵画とも。警察がほかの被害者たちにも問い合わせたが、一様に、まったく見ず知らずという答だったそうだ。いまコレクターが個人的に背後関係を洗っている。黒幕の目星はついていると豪語している」

「誰なんですか」

「しばらくまえ、コレクターのところに幾つもの阿波《あわ》人形のかしらを売りにきた奴がいた。なんと小田巻姫《おだまきひめ》も含まれていた」

「小田巻姫?　あの?」

私があげた大声に、師村さんがぎょっとして振り向く。

「そう。布袋久《ほていひさ》の、あの小田巻姫だ。インターネットのソーシャルなんだかの社長だそうで、このところ海外に流出した日本の美術品を買い漁っているらしい。出来の良し悪しを問わず、どれにもこれにもえらい値を付けてふっかけてきたとかで、とても人形をわかっているとは思えない。相場も知らずに向こうの言い値で買ってきたんだろう、もちろん最初から転売目的で。コレクターが海外の阿波人形を追ってきたのは有名な話だから、いわば狙い撃ちだ。彼女も面白くない。少なくとも小田巻姫が日本に帰ってきたのは確かなんで、奴さんが相場を勉強してくるまで待つつもりで、面会するまでもなく追い返したそうだ。そのあとの連続放火」

「まさか、自分の蒐集品の価値を上げるために？　正気の沙汰とは思えません」

「コレクターの直感が当たっているなら、まったく正気の沙汰じゃない。しかし放火の被害に遭ったのは、古い浄瑠璃《じょうるり》人形のコレクションでは知られた人物ばかりだ。以上、ともかく報告しておく。シムさんにどう伝えるかはあんた次第だ」

通話が切れるや、

「――布袋久が見つかったんですか」と師村さんが問いかけてきた。

嘘をつくわけにもいかない。

「日本に戻ってきているのは確かみたいです。軽井沢のコレクターに売りにきた人がいたとか。でも法外な値だったので断ったそうです」

「いかにも彼女らしい」と師村さんは微笑した。「私なんぞが探しまわらなくとも、いずれこうして、ぜんぶ日本に帰ってきていたのかもしれませんね」

きっぱりと、私は頭を振って、「師村さんの願いが小田巻姫に通じたんですよ。東風《こち》吹かば——なんでしたっけ」

「飛梅《とびうめ》ですか。東風吹かば匂ひおこせよ梅の花、あるじなしとて春を忘るな。それでは私が主君になってしまいますが、風雅なことをおっしゃる。では、そう考えることにします」

「あの感じの悪い婆さん、まだくたばってなかったの」

「冨永くん、言葉に気を付ける。客商売なんだから」

「そういえば以前婆さん、ガブがどうのって云ってたね。シムさんがレプリカ作ったんでしたっけ」

「はい」師村さんは、まるで悪いことでもしたみたいに項垂《うなだ》れて、「阿波人形浄瑠璃の『日高川《ひだかがわ》』——安珍清姫《あんちんきよひめ》の舞台に使われていたかしら一式の、修復とレプリカ製作を請け負いました」

「阿波のって、あのでっかい？　大変だったでしょう」

さすが人形全般にわたって詳しい。阿波の人形浄瑠璃に使われる人形は、文楽人形に比べて格段に大きいという。物によっては小学生くらい。

「私が紛《まぎ》らわしい物を作ってしまったせいで本物が散逸していたところ、これでやっとぜんぶ国内に――」はたと師村さんは顔を上げ、私を見て、「それ、私が拵《こしら》えたレプリカのほうではありませんかね」

「売り手とは顔を合わせなかったみたいですけど、人形のほうはちゃんと確認したようですよ」

「あんな婆さん、頼りにならないよ。どこにあるのかわかってるんなら、シムさんが自分で確認しに行けば」

店に人が入ってきた。「お、ジョンスコっすね」

かつて市松人形について相談にきたバンドマンである。店のなかで通じやすいので私もついそう呼びがちだが、本当は蒲生《がもう》くんという。バンドの練習スタジオが同じ電車路線だとかで、ときおり途中下車して店を訪れるようになった。

彼はギタリストだから、名手のギターを聴き分けられてもなんら不思議ではない。しかし、今のところ私だけ蚊帳《かや》の外だというのが切ない。ジョンスコってそんなに有名なの？　ほんと？

「どこでわかるんですか。アウトサイド？」

意味も知らずに尋ねたら、彼は感心したように、

「やべ。店主さん、アウトサイドとかご存じなんすか」

「ぜんぜん。みんながそう云うから」

「アウトサイドってのは、ハーモニーの流れから外れた音を弾くことっす」

「出鱈目《でたらめ》ってこと？」

「理論的に高度になるほど、弾いちゃいけない音ってなくなるんすよ。それがプレイヤーにとっての必然ならＯＫなんっす。最後の一音だけハーモニーに合ってりゃ、途中はどうでもいいって理論さえあります。人形で云ったら、たとえばオクトパスの頭に毛がぼうぼう生えてても、そっちのほうが可愛ければＯＫっすよね。常識外れだけど間違いとは云えない」

「わかりやすい」

「自宅でギター教室もやってますんで。バンドだけじゃ食えないっすから」

彼はライヴ予定が載ったチラシの束を持参していた。冨永くんが、

「僕が店に置いて構わないって云ったんだ。構わないでしょ」

「もちろん」とその一枚を手に取った。バンド名はマボロシ・ドールズ。「人形だ。偶然ですか」

「偶然っすね。俺が付けた名前じゃないし。ていうか、やべ、ひょっとしてそれもジョンスコじゃないっすか」

師村さんが棚の上に戻していた金属人形を、食い入るように見つめはじめた。やっぱりわかるんだ——ただのボルトとナットの組合せなのに。

「やべ。これやべえ。値段付いてんすか」

「商品じゃないんですよ。僕の友人のお父さんが趣味で」

「まじすか。マボロシ・ドールズのマスコット、頼んだら作ってもらえますかね。あんまりエクスペンシヴだときついっすけど」

「訊いておいてさしあげます」

冨永くんは面白くなさそうだ。表情を見て取ったバンドマンが慌てて、

「オクトパスのほうがやべえっすけど。祖母《ばあ》ちゃん、今もしょっちゅう被ってます」

「それはどうも。ちなみにあの縫いぐるみの名前は——」と冨永くんは訂正しかけたが、思い直したように、「蛸《たこ》に見えただけでもいいか」

また人が入ってきた。同じ商店街に古くからある洋品店の、陽気な女店主だ。

「こんにちは、澪《みお》さん。あら、ジョンスコなんて流して」

跳び退《ずさ》るほど驚いた。「花咲《はなさき》さんにもわかるんですか。アウトサイドで?」

「なにそれ。専門用語は知らないけれど、私だってジャズくらい聴きますって。コンサートにも行ったわよ。この曲も演《や》ってくれた」

「ジョンスコってそんなにも常識なのかしら」

「常識よ」

と花咲さんは云ってのけたが、蒲生くんは小首をかしげていた。

「そうでもないいんじゃないすか」

――花咲さんの用件は、親の代から店にあるマネキン人形の補修依頼だった。

破損や汚れが気になるうえ造形も古臭いと感じて仕舞い込んでいたのだが、物置の掃除のため久方ぶりに外に出したら、我にもあらず見蕩《みと》れてしまったという。

「改めて眺めてみたら、お顔にも立ち姿にもなんとも云えない気品があって、ひょっとしたら名のある作家の作品かしら、なんて」

「マネキン人形で、名のある作家もないような――」

という私の呟きを掻き消すように、

「いつ頃の品ですか」と冨永くんが身を乗り出して問う。

「母が店を出したときレンタルしはじめて、お客さん同士の喧嘩に巻き込まれていっぺん凄いことになっちゃって、悪いから買い取ったって記憶してるから、製造されたのは
――昭和三〇年前後？」

「だとしたらファイバー製か。あとで拝見に行きます」

「邑井次郎《むらいじろう》だ！」私と一緒に花咲さんの店に入っていくなり、冨永くんは叫んだ。裸の

マネキン人形に駆け寄る。「こんな所に残っていたなんて」

「作家の名前？　マネキンの有名作家なんていたの」

冨永くんは呆れ顔で私を振り返り、「たくさんいるよ。なぜいなかったという発想が湧くんだか」

「ほらほら、私の云ったとおりでしょ。この映画女優みたいなお顔」花咲さんは誇らしげにその頰を撫で上げた。

そう云われてちゃんと観察してみると、たしかにモノクロの恋愛映画から抜け出してきたような、端整で優雅な面立ちである。はにかみを感じさせる伏し目に、高く上がった口角。髪は鬘《かつら》ではなく一体成形で、最小限の彩色が施されている。両手の位置や指の表情も決まりすぎるほど決まっていて、これまた古い映画のスチール写真を彷彿させた。

しかし残念なことに——。

「保存状態がひどい」と冨永くんがあっさり評した。

現役中、日射しや埃から護られてこなかった、頸《くび》から上、手首から先、膝から下は、もはや灰褐色に近い。顔や手のそこかしこに凹みや塗りの剝がれがあるほか、頸にも腕にも脚にも古い補修痕が見られた。素人によるいい加減なパテ埋めだ。

「うわ、腰にもでっかい凹《へこ》みが」

「それは私が物置から出したときに」

冨永くんは厳しい表情で彼女を見返した。「どうか乱暴に扱わないでください。素材そのものが劣化してるんだ。なんでここまで――」

「物置が雨漏りしていた時期があるのよ。そのせいかも」

「もう物置には戻さないで。FRPが採用される以前のこの時代のマネキンは、楮《こうぞ》の繊維で出来ています。膠《にかわ》で貼り重ね、紙やすりで磨《みが》いた和紙です。上塗りは胡粉《ごふん》。伝統的な日本人形とほとんど変わらないんです」

「店で洋服を着てもらうってのは、もう無理なのかしら。できたらまた活躍してもらいたいんだけど」

「冨永くんなら新品同様に直せますよ」

今にして思えば配慮を欠いたこの私の言葉に、彼は強く反応した。

「直せるなんて云ってないよ。メイカーにもたぶん、直せる人はもういない。とにかく資料を集めて検討しないと」

「すみません」

冨永くんは慎重な手付きでマネキンから腕や片脚を外し、ジョイント部の状態を精査しはじめた。

「ここは大丈夫か」などと呟きながらも、一貫して難しい表情でいた。

花咲さんの店を辞去しての道々、私は彼に謝った。「ごめんなさい、深い考えもなく安請合いしそうになっちゃって」

「あれを新品同様にしろというのは、僕に邑井次郎になれっていうのと同じです。そのうえマネキンは、一面、道具でもある。花咲さんも、美術品扱いではなく道具としての活用を望んでいる。職人には過酷なリクエストだ」

「だってそれはまあ、人形の価値は――」という決り文句を遮《さえぎ》って彼が続けた言葉は、私の心に突き刺さり、その傷は容易には癒えそうになかった。

「持ち主が決めるもの。だから僕らはその価値観に従うほかない。わかってます。もともとは僕の口癖だ。そう自分に云い聞かせてきた。でも澪さんが職人の前でそれを振りかざしたら、お終いじゃないの」

「――ごめんなさい」

「そう訳もわからず謝られても、嬉しくもなんともないよ。僕やシムさんはどうしたって作り手側の人間だ。でも澪さんは作らない。つまり売り手や買い手の思考しかできない。人形やその素材を前にした作り手にのしかかる重圧は、永久にわからない」

†

小説家の仁羽《にわ》さんが店を訪れた。以前語っていた、地震で毀《こわ》れてしまったマリオネットを持参していた。荒い彩色を施《ほどこ》された、木製、身の丈五十センチ程度の、四頭身の少年である。

飾り棚から飛び出したあと、飾り棚そのものの下敷きになってしまったそうで、残念なことに顔面のダメージがひどい。原形を留めている部分から察するに、さぞ小憎らしくも愛らしい顔付きだったことだろう。

肩や膝のジョイントが砕け、一方の腕と一方の脛《すね》から下が外れている。そのうえ手の指が何本も欠けていて――。

「探しても探しても見つからないんです。物を掴もうとしているような、人を手招いてもいるような、なんとも云えない表情がそこにあったんですが。しかも迂闊《うかつ》なことに、僕はこの人形の写真を残していませんでした。自分の手で再現することはできます。こう――こんな感じです。類推して修復していただくことは可能でしょうか」

私は冨永くんを見た。彼はかぶりを振った。私は師村さんを呼んだ。

「ほほう、チェコのマリオネットですね。懐かしい」彼は嬉しそうに人形を観察していたが、写真が残っていないと知ると、やや表情を曇らせた。「できるかぎりのことをやらせていただきます」

人形を真似た仁羽さんの手を、私は幾つかの角度から撮影した――資料になるかどうかはともかくとして。

彼が帰っていったあと、冨永くんが師村さんに訊いた。「シムさん、こんな状態のを見て、元の顔や手が想像できるの」

「どこまで正確かはわかりませんが、彫りの流れを見れば、ある程度は想像がつきます。あとは、持ち主さんの記憶とどこまで合致させられるか、ですね。ご記憶と違えば、それに添うよう修正するまでです」

「ふうん、できるんだ」と冨永くんはつまらなそうに云って、ジョンスコ人形との睨めっこを再開した。

——花咲さんのマネキン人形を目にしたあの日以来、冨永くんはろくに働いていない。日がな一日、針を手にすることもろくに接客することもなく、ひたすら作業台に置いた金属の人形を見つめている。

「マネキンの仕事、師村さんに譲ったら。なんなら断っても構わないし」

と心配になった私が訊いてみても、黙って頭を左右に振るばかりである。

こっそりと師村さんにも相談した。しかし、

「私にもああいった時期がありました」と、あまり意に介していない様子だった。「端的に云えば、スランプでしょう。八つぁんのこれまでの実績は大きい。それだけに売れなくなったとなると、まるで自分が世の中から否定されたような気分に陥ってしまうんです。そんな繊細な職人は店に置いておけないと、澪さんが判断なさるなら話は別ですが、彼は必ず脱します。そしてそのときには、一回りも二回りも大きな存在になってい

るはずです」

「もちろん、冨永くんには店に居てもらわないと困るんですけど」

「では結論は出ています。一緒に見守りましょう」

「澪さん、今夜だった」夕刻、冨永くんが不意に立ち上がって云った。「マボロシ・ドールズのライヴ」

一瞬、ぽかんとなったが、次第に思い出されてきた。以前、総出で出向くとバンドマンこと蒲生くんに約束したのだった。

「下北沢《しもきたざわ》だから近い」

「じゃあ——出掛けましょうか」

冨永くんなりに周囲を気遣っているのではないか、無理をしているのではないかと想像して躊躇したものの、けっきょく笑顔でそう応じた。彼の気晴しになれば、と。

工房を覗くと、師村さんはさっそくマリオネットと睨み合いながら、これからの作業手順をメモしていた。外に引っぱり出すのは気が退《ひ》けた。私の安請合いが招いた用には違いないのだから。

でもいざ声をかけてみると、彼はぞんがい気軽に、「あのバンドマンのですか。ああ、ではぜひ」

そういった次第で、三人揃って電車に乗った。混んではいないが空いてもいない。空席が見当らないではなかったが、ほんの数駅のことなので、三人してドアの近くに立っていた。

「こうして、三人揃って電車に乗るのって――」

私の呟きに、師村さんが応じて、

「初めてですね。なんだか遠足のようです」

冨永くんは外の景色を見ている――流れ去っていく家々の灯りを。

私も久し振りの下北沢だったが、驚いたことに師村さんは生まれて初めて降り立ったのだという。駅前の雑踏を見渡した彼が、

「活気がありますね」

と浮き立った調子でいるのを見て、私の迂闊《うかつ》さも捨てたものではないかもと、すこしほっとした。

ライヴハウスを発見するまでには、いくぶん手間取った。飲食店が建ち並んだ区画にある、ごく細いビルの入口に、師村さんがその素《そ》っ気《け》ない看板を見出した。私たちはエレヴェータに乗り込んだ。

開いた扉の向こうは、別世界――奇矯な髪型と刺青《いれずみ》の博覧会場だった。一瞬、出直してきます、と「閉」のボタンを押しかけた。冨永くんが無言でその手を払う。

入口で入場料を払っていると、蒲生くんのほうから私たちを見つけて近づいてきた。いつもより派手な風体だったが、みごとに周囲に馴染《なじ》んでいる。ここでは私たちのほうが異様だ。

会場の音が大きく流されているので、それに邪魔されて聞えはしなかったが、「まじっすか」と私たちの来場を喜んでくれているのは、口の動きでわかった。タイムテーブルが記されたホワイトボードを指差して、次が自分たちの出番だと教えてくれた。

私と冨永くんは飲みものを手に、バー・スペースで時間を潰した。師村さんは早々に扉の向こうへと突入していった。演奏中だったのはカントリーっぽい雰囲気のバンドで、そのギターの音色に惹かれたようだった。

マボロシ・ドールズの出番になり、私と冨永くんも会場に移動した。

客席は全員が立ち見。舞台上を忙しなく行き来したり、しゃがんで足許を操作したりしていた四つのシルエットが、立ち位置を定める。照明があかるくなる。

一曲めのイントロが始まるなり、私は扉の前まで押し戻されてしまった。彼らの音楽は予想を凌いで激しく、なにより音が大きかった。大きいを超えて無音と感じられる瞬間さえあった。

そういう流儀なのだろうが、呪詛《じゅそ》を吐き散らすような調子のボーカルは、一語たりとも聴き取れない。私には何語なのかも、どこがメロディでどこが科白《せりふ》なのか、それとも全篇にわたってそのどちらかなのかも、わからなかった。しかし舞台を囲んだ観客たちは操られるように、嬉々として跳びはねたり、拳を突き上げたりしている。

とつぜん異国の奇祭に放り込まれたにも等しい状態だったが、蒲生くんのギターがとびきり巧いのだけは認識できた。ジョンスコのようではない、私にも理解しやすい巧さだった。アウトサイドしていない――のだ、たぶん。

冨永くんは、じっと舞台の正面に留まり続けている。師村さんは脇の、蒲生くんの手許がよく見える位置にいた。

――グレゴリオ聖歌風のBGMに送られてマボロシ・ドールズが退場し、舞台が暗転する。以降のバンドまで楽しむ耳の余裕が無かったので、私はそろそろ、とふたりの職人に告げた。するとふたりとも付いて来てしまった。

「よかったんですか」とエレヴェータの前で師村さんに訊いた。

彼は顔を寄せてきて、「はい？」

「私に付き合う必要、無かったんですよ」

「いえいえ、もう充分に堪能しました」

「私たち、きっと凄く大声で喋っているのね」

「そうでしょうな」

師村さんの声は弾《はず》んでいた。駅までの道なかも興奮醒めやらぬ様子で、

「それにしても蒲生さんのギターは素晴しかった。あの半分でも上手に弾けたなら、私は親の反対を押し切って音楽家を志していましたね」

「謙遜《けんそん》なさってるんでしょうけど、人形堂にとってはそうならなくて幸いでした」

「あの方を基準にしたら私のギターなんて、触ったことがあるという程度です。それでも久々に、うちの安物の絃《げん》を張り替えてやろうかという気になりました。優れた芸は、人の心に張りを持たせてくれます」

「冨永くんは？　彼らの演奏、どうだった？」

と私は後ろを見遣《みや》った。そして息をのんだ。

なんの表情も、彼はうかべていなかったのだ。微笑もなければ、仏頂面でもない。惚けているようでもない。

あえて云うなら、静かに眠っている人に近かった——あるいはデスマスクに。むろん瞼《まぶた》は開いている。眼球はこちらを向いている。それでいて、その視覚が自分を捉えているという感じが、私にはしなかった。

病気で顔の筋肉が動かないといった事情でもないかぎり、完全に無表情な人というのはいないものだ。しかしそのときの冨永くんは、そういう人にすら見えた。

彼はほとんど唇を動かさぬまま、私の問いかけに答えた。私がライヴハウスで聴力に受けたダメージが余程でなければ、彼はこう云ったのである。

「聴いてなかった」

深夜、冨永くんに電話をかけた。しつこくかけ続けないと話せないかもしれないと思っていたが、普通に出てきてくれた。ただし声は小さい。

「こんな時間にどうしたの」

「その――別れ際に元気が無かったから、もし仕事のことで悩んでるんだったら、私ごときでも相談にのれないかな、なんて」

「のれませんね」

「そう無下《むげ》にせず。新製品新製品ってプレッシャーかけ過ぎちゃったかなって反省しているの。でもすでに構想があるんだとしたら、私の取り越し苦労ってことで」

「構想なんてないよ。なにも思いついてない」

「そう」

やはりスランプか。私は懸命に次の言葉を探した。「べつに急ぎの仕事じゃないんだから、いずれ、ふと妙案がうかんだときにでも――」

「次は海胆《うに》？　小鰭《こはだ》？　もう新製品は無いと思ってください」

彼に聞えないよう、電話機を押さえて吐息する。「ねえ冨永くん――私がマボロシ・ドールズの感想を求めたとき、聴いてなかったって答えたでしょう」

「そうだったかも」

「彼らの正面に陣取って、なにを考えていたの」

「作れるかなって」

「彼らを？　ジョンスコみたいに金属で？」

「自分が得意な素材で」

「だったら楽勝でしょうに」

「無理。できない。それが結論」

「なぜ」

「わからないなら、べつにいいです」

「ちゃんと教えてよ」

「うまく説明できないし」

「じゃあ下手に説明して」

　彼は吐息を隠さなかった。「ジョンスコは、ボルトとナットといった幾何学《きかがく》立体の、単純な組合せに過ぎない。抽象ぎりぎりと云ってもいい。なのにちゃんとヒトガタなんだ。みごとに現実を象《かたど》っている。一方で僕が作ってきたものは、どれも人形の人形。なんとか人形っぽく見せようとして、お約束の塊に、つまり借り物の寄せ集めになってしまってる」

「蛸の縫いぐるみを作ろうなんて発想が、安易な借り物とは思えませんけど。実際、みんな八つぁんを見て喜んでる。仁羽さんも凄いオリジナリティだって感心してた。伝えたでしょう?」

「そして買っていかなかった」

「もう八郎さんから貰ったんじゃないかしら」

「買うほどじゃなかったことに変わりはないよ。初めて見た人は失笑する。騒いでもくれる。でもそういう感情はすぐに薄れてしまう。半年も経つと、このどこが面白かったんだろうと眉をひそめさえする。だから売れなくなった。大明神からのオーダーもそのうちキャンセルされるよ」

「八郎さんは簡単に約束を反故《ほご》にする人じゃないわ。それに冨永くんにはテディベアだってある」

「あれぞ既製品のパロディだよ。商品としてはありでも、作品としては問題外」

「もっと作品らしい作品――創作をやりたいってこと? 五十埜《いその》さんみたいに」

するとて彼は静かに笑いながら、「あんなふうに美の限界に挑むなんて、僕にはとても無理だね。気持ちのうえではやってみたくても、身体が付いていかない。まえ教えなかったっけ」

ひやりとした。そういえば、醜形恐怖で病院に通っていた時期があると――。

「僕は純粋芸術に向いていない。だからそれこそマネキンみたいな、実用性も必要とされる世界で、いつか、なにか、という気持ちが秘かにあったんだけど、邑井次郎の仕事を目《ま》の当たりにしてしまうとさ――」

「ああいうのが冨永くんの理想なの」

彼は長い沈黙のあと、「とにかく、可愛い人形が作りたいな」

「麗美《れいみ》ちゃんみたいな？」

失言ぎりぎりを承知で、束前《つかまえ》さんの作品名というか商品名を出した。

ふふ、と冨永くんは自嘲するように鼻を鳴らして、「いま云った『可愛い』は、もっとずっと幅広い意味だよ。ところで澪さん、日本に戻ってきたっていう小田巻姫、もう見たの」

「ううん。具体的にどこにあるのかも知らないし」

「束前さんは？」

「おおむね知ってるような感じだったけど」

「可愛いかな、小田巻姫」

「冨永くんにとってはどうかしら。でも伝説的名人の作品を、師村さんが情熱を込めて修復したんだから、素晴しい出来なのは間違いないでしょうね」

「見てみたい」

続けて東前さんにも電話する羽目になった。

また悪い癖が、と思いながらも請け合ってしまったのだ。必ず見せるとまでは約束しなかったが、東前さんに相談してみるとは云った。なにか冨永くんの役に立ちたかった。

「なんだ、こんな時間に。こっちは貧乏暇なしなんだが」

相変わらずである。いつ勝手に怒りだして通話を切られてしまうか知れないので、

「小田巻姫を見られないでしょうか。東前さんなら、コレクターに詳細を問えるかと」

と、いきなり用件を切り出した。

「あんたが見たいのか」

「私も、できたら後学のためにと思ってますけど、むしろ職人が」

「シムさんが？　なら腰をあげざるをえない。皮肉屋の坊やのためには、指一本として動かす気にならないが」

泣きそう。「ごめんなさい。見たがっているのは皮肉屋の坊やのほう」

「なんでまた。人形は人形でも畑違いだろうに」

「色々と思うところがあるらしくて」

このところの冨永くんの様子を、かいつまんで話した。

「スランプか。優雅なこった」

「東前さんはこれまで、そういう状況に陥ったことはないんですか」

「人形を商売にしてこっち、そんな暇は一度もなかったな。うちの人形はおれの遊び場じゃない。商品だ。常に売れる物を優先するのみ。芸術家気取りで悩んでいる余地なんかない。どれもこれも売れなくなったら、売れそうな新しい型を考案するまでだ。零細とはいえ社員たちの生活がかかってるからな」

新製品、新製品、と冨永くんに繰り返してきた自分の姿が重なる。私は知らずと、この人にたいそう影響されてきたのかもしれない。

「熊はそれなりに動いてるんだろう」

「テディベア？　ええ。単価が安いから店を支えてくれるほどじゃありませんが、ストックが増えてきたと思うと、翌月にはぜんぶ店頭から消えているような感じ」

「俺なら気持ちを切り替えて、当面はそっちと修理に専念するね。蛸は飾るだけ飾っておいて、売れれば幸いってな調子で。要するに坊やは、創作した蛸への思い入れが強すぎるんだ」

「彼は天才肌だけど、東前さんのように大学で美術を学んだことも、師村さんのように文楽人形の修業を積んだ経験もない。たぶん今が成長期なんだと思います」

「趣味を仕事にするもんじゃないと、むかし親父からよく云われたよ。だが俺には幸いにして、それで社員を食わせられなきゃ話にならないという枷《かせ》がある」

「幸い？」

「幸いに決まってる。もしおれが自分の趣味全開のラヴドールでも作ってたなら、このところの売上げの落ち込みでとっくに鬱《うつ》になってるね。商売だと思うからこそ、自社の人形でさえ突き放して考えられる。俺の目にはあんたそっくりのドールでも、もし売れるんだったら会社にとっては絶世の美女だ」

「二言くらい多いです」

「黙りこもうか？」

「訂正します。わかりやすい比喩をありがとうございます。自分は人形の人形を作ってしまっているという、冨永くんの悩みについてはどう思われます？」

「会社としての見解を訊きたいなら、売れる人形が正しい。それだけだな」

「ときどき作られてる創作人形にも、そういう姿勢で？」

「そっちは別だ。同じ人間の指から生まれる以上、完全な別物にはなりえないがね。とにかく創作のほうは、趣味と割り切るようにしている。だから売れなくても屁とも思わない」

「どっちが本当の束前さんなんでしょう」

「どっちも俺だよ。どっちか片方でも構わないが、ふたつを掛け合わせた都合のいい俺はありえない。ラヴドールには商品でなければならないという、創作には金にならないから時間をかけられないという、堅固な枷がある。お蔭で頭がおかしくならずに済んでる。シムさんに嵌められた枷はより凄まじい。俺にはあの人が、人形という人形を憎んでいるように見える」

「まさか。あんなにも人形に対して誠実な人が」

「憎んでいるからこそ、誠実でいられるのさ。もともと人形どっぷりの人間だったようには見えない。少なくとも俺よりは健全な青春を送ったことだろう。かつては父親の仕事への反発もあったろうし、人生が人形に翻弄されてきたという恨みもあろう。彼にとって人形は本来、直視するのもつらい存在なんだ。だから作業上でつらいことが起きても、当然であり、乗り越えるべき試煉《しれん》としか感じない――俺は本気でそう思ってるよ。ひるがえって坊やにとっての人形は、たっぷりと小遣いを渡されて入った遊園地だ。飽きもせずに並んではジェットコースターに乗り続ける子供みたいなもんさ。そこに今、雨が降りはじめた」

遊園地の雨という譬《たと》えは情緒に満ちているが、語られている内容は手厳しい。

「雨のなかの子供に、傘を差し出すのは厭《いや》ですか」

「そうは云ってないが、はたして歴史的傑作を目の当たりにすることが、カンフルとして作用するかな。逆効果じゃないか？　邑井次郎のマネキンにはびびってんだろ」

「ええ。でも師村さんに作業を譲るのは厭らしいの。経営面から云っても簡単に断りたくはないし、いっそ店主としての強権を発動して、東前さんに外注しようかしら」

「もっと厭がるんじゃないか?」そう笑いながら、満更でもなさそうだった。いざという場合の選択肢たりうるかもしれない。「俺も布袋久は拝んでみたい。小火の件も気になってる。あんたと一緒に一芝居を打つにやぶさかじゃない」

「一芝居?」

「拝ませてもらうには、それなりの口実が必要だろう。あんたが買いたがっているふりをして査定を申し出れば、きっと飛びついてくる。コレクターにけんもほろろに扱われた直後だ。実績をつくって彼女を見返してやりたいだろうし、期待以下の値を付けられたところで失うものはなにもない。必ず見せたがるよ。社長の名前は証誠寺《しょうじょうじ》という。証拠の証に、誠に、寺。狸囃子《たぬきばやし》の証誠寺と同じ字だな」

川獺に続いて狸。その次は狐かしら、貉《むじな》かしら。

†

会社は渋谷の道玄坂にあった。

「俺が契約してるプロバイダも、本社が渋谷だ。客には世界のどこからでもアクセスできると喧伝しておきながら、自分たちは都会にしがみついている。おかしな話だ」

「一等地にあったほうが、会社のステイタスが高く見えるからでしょう」

「俺が経営者なら樹海か孤島に籍を置く。この会社にだったら世の中になにが起きても繋がるだろうって気がするじゃないか」

「普段から繋がりにくいんじゃないか、と思われるような気もしますけど」

冨永くんが黙りこくっているのを気遣ってか、東前さんは普段の二倍くらい喋っている。しかし話しかける相手はもっぱら私なので、笑わないお客の前で延々と漫才をやっているような心地だ。

師村さんは来なかった。見つかったのは、やっぱり自分が作ったレプリカのような気がしてならない、と云うのだ。そういう夢をみたとか。

「自分が拵《こしら》えたほうだと見切ってしまったら、私にはそこで黙っていられる自信がありません。あとさきなく持ち主さんに洗いざらいを喋って、澪さんや東前さんにご迷惑をおかけしかねません。どうか冨永さんがご覧になってきてください。冨永さんにだったら本物かレプリカか、区別がつきます。もしレプリカだったら――私からコレクターに対処を相談します」

「僕にはたぶんわからないよ。日本人形は得意じゃない」

かぶりを振る冨永くんに、師村さんはこう続けた。

「あとで見分けるこつをお教えします」

いったいどういうこつを伝授されたのか、私は冨永くんに訊けないままでいる。素人が踏み込んではならない領域のような気がして――。

ビルの外観は古かったが、内部は現代的というか近未来的に改装されており、まるで古いSF映画のセットのようだった。古い映画が未来的というのは矛盾しているけれど、『2001年宇宙の旅』だとか、そんな感じ。訪れなかった未来。

電気仕掛で刻々とその色合いが変化する、凝りに凝った案内板から、証誠寺氏の会社を探す。

「トンネル・コミュニティ、NGシステムズ、クイックサンド・サーヴィス――どれも名前を見たことがある。このビルってネット関連の企業ばかりなのね。あった、株式会社ポッサム」

「二つのフロアを占めてるな。ずいぶん儲けてやがる」

エレヴェータの前で、束前さんの携帯電話が鳴りはじめた。相手の番号を確認するや真顔になって、「軽井沢からだ。そのまま待っててくれ」

私と冨永くんから距離をおきながら、お待たせしました、束前です、と丁重に応じる。

私たちはすでに「上」のボタンを押してしまっていたので、そのうちエレヴェータのドアが開いた。そして誰も乗せないまま閉じた。

束前さんが戻ってきた。「千里眼か。絶妙なタイミングで報告してきた。川獺んとこの監視カメラに写っていた男と、証誠寺が繋がったそうだ」

「嘘。本当？」

「イエスと答えればいいのか、ノーと答えればいいのか、どっちだ。コレクターが雇った探偵が洗いあげた。侵入していた男の名は八丈《はちじょう》。八丈島の八丈だが、信州の出。今は住所不定無職で、社会的地位でいえば証誠寺とは天地の差がある。しかし年齢は同じで、なんと出身高校も同じで、そのうえ同じ演劇部に所属していた」

「同い年で、クラブ活動まで――」

決め手とは云いかねるが、奇蹟的な確率には違いない。

「証誠寺の成功の陰に忍者あり、だったのかもな。本人はもちろんのこと社員も手を出せない、危ない真似をやってのけてくれる、一見会社とは無関係な存在」

「いま私たちが面会に来ているというのは、コレクターに伝えたんですか」

「ああ。狸のご機嫌を損ねて、店に放火されないよう気を付けろとさ」

エレヴェータのドアが勝手に開いた――と一瞬思ったが、冨永くんはその正面に立っていたから、とっくにまたボタンを押していたのだ。

「小田巻姫、見るんでしょ？　気が進まないなら、僕独りで行くけど」

束前さんと顔を見合わせた。ふたりとも冨永くんに続いた。

受付には誰もいなかった。しかしセンサーでも機能しているのか、やがてドアの一つが開いて、頸から社員証を提げた女性が出てきた。私たちが「何者」かも把握していた。

ソファに掛けて待つように云って、またドアの向こうに消えていった。

ふわふわと揺れる、その裾広がりの髪からの連想だろう、

「傘差し狸がお出迎えとは気が利いてる」と東前さんが笑う。

「なんですか、それ」

「俄《にわか》雨のとき、傘にお入んなさい、と手招く狸さ、もちろん人の姿で。うっかり入ると、とんでもない場所に連れていかれる」

会社には珍しく、インテリアのほとんどが黒を基調にしている。壁紙まで黒地で、銀色の細かな唐草模様が入っていた。お金と美意識を持て余した独身男性の住処《すみか》、といった風情《ふぜい》である。

東前さんから傘差し狸と揶揄された、さっきの女性が戻ってきて、

「証誠寺が上でお待ちしております」と私たちをエレヴェータへと導いた。さて、どこに連れていかれますことやら。

扉が開く。またもや黒々たる世界。最初の空間にはドアだけがあり、女性が壁の装置に社員証を翳してそれを開くと、黒い廊下が現れた。

ところどころでスポットライトが壁の額縁を照らしている。日本の絹絵や版画ばかりだったが、重厚な風景画の前を通り過ぎたかと思えば、次に現れるのは寝姿の女性が描かれた浮世絵だったりして、あまり統一感はない。人の笑い声がかすかに聞えるドアも、

テレビか何かの音声を洩らしているドアもあったが、案内の傘差し嬢以外の人影はついぞ目にしなかった。

「狸囃子かよ」

束前さんが遠慮のない声量で云い、傘差し嬢が振り返る。

彼女は歩きながら、片手でなんらかの端末を操作していた。奥まった部屋のドアをノックもせずに開いて、「どうぞ」

三人とも入るのをためらった。廊下よりさらに暗かったのだ。傘差し嬢が焦《じ》れたように率先して入っていき、私たちもおっかなびっくり、そのあとに続いた。

壁をくり抜いたような額縁状の空間だけが、闇のなかで輝きを帯びている。なかに収められている物に眼の焦点が合い、思わず息を吸い上げたら、声帯が変なふうに鳴ってしまった。

「驚かせてしまいましたか。すみません」

柔らかい男性の声がして、すうっと室内が明るくなった。ブラインドカーテンのスラットに隙間が生じている。明るいといってもさっきまでとの比較であって、私の感覚からすれば、そろそろ電気点けなきゃ、という夕暮れ程度である。

「よくこうしてコレクションを眺めていますので、皆さんにも体験していただこうと思ったんですが、過剰サーヴィスだったようです。本日はよろしくお願いします」

肥え太った壮年をなんとなく想像していたものだから、机の向こうから歩み出てきた男性の姿に、啞然となった。

若い。私より若いかもしれない。太ってもいない。頸にアスコットタイを巻き薄手のジャケットを羽織っているが、下は細身のジーンズだ。

まず私の前に立ち、「玉阪《たまさか》さんですね」

「ええと、はい。屋号ですが」

「初めまして、証誠寺です」

名刺を渡され、私も慌てて店の名刺を出す。

「ほう、人形の修復を」

「今は軸足をそちらに移していますが、未《いま》だ小売りも。もっともコレクションは個人的なもので、商売とは関係ないんです。こちらは人形研究家の——」

私は口籠《くちご》もった。束前さんはなんと名乗るのか、打合せしていなかった。

「束前です」と彼は本名を云った。

彼が証誠寺氏に突き出した名刺を覗き見たら、有名美大の講師の肩書付きだった。こんな小道具を用意していたなんて。

「こちらは教え子の冨永くん。優秀なので、都合が合うときは助手を務めてもらっています」

私にもだが冨永くんにも初耳の設定だったらしく、憮然として東前さんを見返している。証誠寺氏は三枚めの名刺を取り出した。冨永くんのほうは一礼しただけだった。店の名刺しか持っていない。

「さっそく拝見してよろしいですかね。このあとも予定が詰まってるもんで」東前さんはここでもせっかちだ。

「まあまあ、いまお飲みものを」

「いい、いい。あ、やっぱり——いや」

ボスから合図を受けた傘差し嬢が、右手に端末を構えて入力しようとしていたのだが、東前さんがそう中途半端に返事を留保したため、そのままの姿勢で待ち続ける羽目となった。端末がたんなるメモ帖なのか、それとも外で誰かが受信して飲みものを運んでくるのか興味があったのに、けっきょく見届けることはできなかった。

東前さんは鞄を床に下ろし、白手套《てぶくろ》の束を取り出して、一組を冨永くんに投げ渡した。私にも差し出してきたが、これは遠慮した。

ライティングがほどこされている四角い空間は、壁を穿《うが》ったものではなく、その上下左右を扉付きの収納棚が占めていたというのが、明るくなった今はわかる。棚の中身はほかのコレクションだろうか。

東前さんの後ろに立ち、私は初めて小田巻姫のかしらを直視した。それまでは無意識に視線を背けていたのだ。

文楽のかしらよりずっと大きい。知識としてはあったが、生身の人間をも彷彿させるその量感に、まず圧倒された。喉木《のどぎ》と胴串《どぐし》の段差を利用して、特注されたのであろうアクリルのスタンドに立てられている。

喉木とは人形の頸部《けいぶ》のことだ。阿波《あわ》の人形はその大きさゆえ、これが文楽人形よりも後方に伸びている。前のめりに、あたかも観客に覆い被さるように演じられるのが、阿波の浄瑠璃の大きな特徴だ。

胴串とは、喉木から伸びた、主遣いが左手で握る部分のことだ。頷きや、人形によっては眉や瞼や唇を動かす仕掛が、ここに仕込まれている。

娘がしらに顔の動きは乏《とぼ》しい。よって胴串にごてごてした仕掛はない。頷きの糸と繋がった、チョイというレバーがある程度だ。

仕掛が少ない代わりに、口の端に口針というのが打たれている。泣く演技のときそれに着物の袖口や手拭いを引っ掛ける。この小田巻姫にもある。

海外での管理がよくなかったのか、残念ながら髪の乱れがひどい。そのことを恨んでいるような顔付きが、束前さんに胴串を握られるや、ほっとしたような相好に変わった。

もちろん照明の悪戯だ。

多方向からの複雑な光線のなか、束前さんに矯《た》めつ眇《すが》めつ観察されているあいだに、小田巻姫はくるくるとその表情を変え、見ている私の肌はずっと粟立《あわだ》っていた。

なにもかも見通していながら、なにも目に入っていないような、このまなざし。一切を語り尽くして疲れ果てたような、紅い唇と、頬から顎にかけての柔らかい凹凸《おうとつ》――。

「可愛いね」と冨永くんが呟く。

ここで「凄い」でも「凄まじい」でもなく「可愛い」ときたか。呆気にとられたが、すなわち冨永くんの「可愛い」はそれほど多義的なのだ。

「見事ですな」ようやっと東前さんが感想を述べ、慎重に冨永くんにかしらを受け渡す。

「で、こちらの品をいかほどでとお考えですか」

「なにしろ布袋久《ほていひさ》です。私どもが見つけなければ、日本から永遠に失われていたかもしれません」と証誠寺氏は勿体をつけはじめた。

東前さんは重々しく頷いて、「承知しています。伝説的な人形師です。それをこのたび、いかほどでと?」

「こちらもボランティアではありませんから、投じてきた金額を下回ってのお話とは参りません。最終的にポルトガルで発見されたのですが、ヨーロッパに渡るまでに盗難の経緯があり、調査にも入国にも手間がかかりました」

「大変でしたね。で、いかほどでのお取引なら足が出ないんでしょう（念のためだが私だ）」

本当は金額を問う必要など無いのだ。由緒ある人形店の令嬢が買いたがっていて、査定しうる専門家を連れてきたという設定を、押し通すための儀礼に過ぎない。しかし相手が勿体ぶるものだから、束前さんも意地になりはじめている。

証誠寺氏がついに金額を口にした。束前さんはぽかりと唇を開いた。私も開いた。私たちの予想とは、文字通り桁が違っていたのである。

反応を見て取った氏が、慌てて付け加える。「お安い金額でないことは承知しています。しかし奇蹟的に発見され、その後の数奇な運命によって市場に残存した、おそらくこれが最後の布袋久です。この手の物は、消えることはあっても増えることはありません。今は割高にお感じかもしれません。しかし縁起でもない話ですが、仮に同水準の品物がどこかで焼失でもしたなら、途端に二倍、三倍での取引が活潑に生じるんです」

束前さんと顔を見合わせる。

口を滑らせたとでも思ったか、氏は大袈裟にかぶりを振って、「それが市場経済というものです。虚しく感じてしまうこともありますが、我々はしょせんそこから逃れられないのです」

「相場じゃないですか」と冨永くんが会話に割り込んできた。「もし本物だったら、の話ですよね」

「もちろん」と証誠寺氏は嬉しそうに頷き、そのあと意味の取り違えに気付いて、「ちょっと君、今――」

「胴串に古木を使ったり汚したりして巧みに古さを演出してありますけど、これ、発見後に修復を手掛けた芳村郁《よしむらたかし》が、それと同時に製作したレプリカのほうです。文楽座の座付きだった芳村申之助《さるのすけ》の息子。東前先生もよくご存じですよね」

芳村郁——師村さんの本名だ。冨永くんが聞かされているとは思わなかった。こつを伝授されたときだろうか。

「ご本人からレプリカ製作の苦労話をうかがったことがあります。芳村さんは本来、左利きなんです。でも家が家ですから、表向き右利きとして育てられた。それでも十二分な腕前ですが、さすがに伝説の布袋久には及ばず、彫り損じては捨て、彫り損じては捨てを繰り返していた。精神的に追い詰められた彼は、やむなく禁じ手を使います。左利き用の刃物を特注し、右半面は右手、左半面は左手で彫ってみた。もうひとりの自分を動員したというわけです。最初はむしろ失敗が増えた。しかし元々の利き手です。訓練を積むにつれ右手だけよりもうまく彫れるようになった。うまく行きすぎたところもあって、あとから眺めると、右半面より左半面のほうが強い表情になっていたとか。布袋久の時代に左利き用の刃物なんかありませんから、とうぜん右半面が強い。つまり逆になってしまったんだそうです」

「君はそれを、その新しい小田巻姫だと主張するんですね」証誠寺氏の頬は、さっきから上がったり下がったりと忙しい。笑い飛ばそうとして、そうしきれずにいる。

〈創元文芸文庫〉好評発売中

古内一絵
『キネマトグラフィカ』

ISBN 978-4-488-80401-5　定価 814円（10%税込）

あの頃思い描いていた自分に、今、なれているだろうか。老舗映画会社に新卒入社した“平成元年組”が同期会で久しぶりに再会する。四半世紀の間に映画の形態が移り変わったように、彼らの歩む道もまた変化していった。〈マカン・マラン〉シリーズが累計 15 万部を超える古内一絵が国内映画産業の転換期を活写した力作。

町田そのこ
『うつくしが丘の不幸の家』

ISBN 978-4-488-80302-5　定価 770円（10%税込）

わたしが不幸かどうかを決めるのは、他人ではない——。《不幸の家》と呼ばれる家で自らのしあわせについて考えることになった五つの家族の物語。2021 年本屋大賞受賞『52 ヘルツのクジラたち』の著者・町田そのこが描く、読むとしあわせな気分になれる傑作。

創元文芸文庫　7月以降の刊行予定

- 7 月刊行　雪乃紗衣『永遠の夏をあとに』
- 9 月刊行　十市 社『滑らかな虹』
- 11月刊行　奥田亜希子『白野真澄はしょうがない』

※タイトルは一部仮となります

「はい」

と冨永くんがスタンドへと戻したかしらに氏は吸い寄せられ、まるで同じ小さな空間に入り込もうとするかのように肩を縮めた。

「先生、合格ですか?」

「ああ——うん。よくできた」東前さんはそう取り繕《つくろ》ったが、内心のふためきは手に取るように伝わってきた。「そういう結果ということで、そろそろ失礼しよう。いかに見事な出来でも、レプリカでは査定する意味がない」

「待てよ」若き成功者が、その野卑《やひ》な本性を剝き出しにする。

「なに大学の先生とその弟子だか知らないが」

「名刺に書いてあるが」

「人形の研究家なら、軽井沢のコレクターくらいは知っているはずだ」

「ああ、もちろん」

「このかしらは彼女も目にしている。レプリカだなんて見解は聞かされなかった」

「目にしている?」東前さんに先んじて、冨永くんが醒めた調子で聞き返す。「証誠寺さん、彼女と面会してないでしょう」

「放火の件、クロ——ですよね」

道玄坂を下りながら、そう東前さんに問い掛けると、

「疑わしきは罰せず」と返された。と思っていたら、「の原則さえなけりゃ、とっくに有罪だな。個人的にはそれ以前に、いけ好かないの廉《かど》で有罪だ」

「同感。もう二度と会いたくないわ。なんであんな人が人形を――」

「レプリカに大枚叩いた愚か者、と嘲笑いたいところだが、それがシムさん渾身の作ときちゃあ、心中複雑だ」

「私には古い人形にしか見えませんでした」

「俺にもだよ」

つい失笑して、「だと思ってました」

「そう莫迦にした目で見るな。布袋久かシムさんかなんて、百年後にはどっちの評価が高いかわかんないって世界だ。そのうえ本物にもシムさんの手が入ってるんだから、目印も知らずに見分けるなんざ、神業《かみわざ》だ」

「顔の右が強いか、左が強いかという話ですよね。わかりました？」

「わかるかよ。ほんとは坊や、別なもっと分かりやすい目印を教えてもらってたんじゃないか？　そういう予備知識抜きに、ただ客観的に鑑定したかったら、国家プロジェクトばりに専門機関で成分分析するか、割ってみるほかない。さすがのシムさんも、中のくり抜きにまで古色は着けなかったろうからな。用も済んだし逃げ出す口実に恰好だっ

たから、坊やに賛同して見せたまでだ。レプリカだとしても眼福だったよ」

「そうですね——どちらだとしても、凄い。あの大きな人形が舞台で操られているのを見たら、私なんて気絶するんじゃないかしら」

「さて、坊やの優雅で繊細な魂に、小田巻姫は薬か、毒か」

後から下りてくる冨永くんを、思わずちらちらと振り返った。

「どう転がっても、俺に責任は負えないからな」

「いえ、束前さんには感謝のみです。名刺まで作ってきてくださって」

「名刺？　あ、あれは新しく作ったんじゃない。むかし母校でちょっと教えてたんだ。ただし人形じゃなくて彫刻を」

束前さんは「相変わらず忙しい」そうで、信号が変わりかけたスクランブル交差点を走り抜けていった。香山《かやま》さんとどうなっているのか訊いてやろうと思っていたのに、忘れていた。

冨永くんが追いついてきた。まだ閉店時刻ではなかったが、

「直帰してもいいわよ」

と告げたらば、遠慮のかけらもない調子で、

「直帰します」

と答えて、地下鉄の入口に向かっていった。

――駅ビルの地下で、ドイツパンとソーセージを多めに買った。

ピロシキも見つけたが、師村さんが喜ぶようなそれとは違うという気がした。念のため一つだけ買って、その場ではんぶん食べて、やっぱりそれ以上は買わなかった。

そのうち、といつも思いながら、未《いま》だピロシキを自作していない。調べてメモしておいたレシピも、どこかに行ってしまった。そもそも祖父が残していったオーヴン・レンジがまともに動くのかも確認していない。ときどき温め機能を使うのみである。決意や安請合いは得意なくせに、この蜉蝣《かげろう》ばりの実行力ときたらどうなの。

・人形堂の鍵を開ける。物音を聞きつけた師村さんが出てきて、

「お帰りなさい。お疲れさまです」と頭をさげる。

「師村さんこそ、お疲れさまです」

彼は心許なげに私の次の言葉を待っている。

いたずらに時間をかけてどうなる話題でもないので、単刀直入に、「レプリカでした。少なくとも冨永くんの見立てはそうです」

「やはり、そうですか――コレクターの見立てと食い違いましたね」彼は複雑な表情で頷いた。「どうあれ大勢の利害が絡む問題ですから、コレクターに相談して頼らざるをえないでしょう。私はどうも、感情的すぎるのか、こういうときの対処が苦手でして」

「本来、師村さんが責任を感じるようなことじゃないんですよ。悪いのは、レプリカか

もしれない物を本物と称して売買してきた人たちです」

「誰にでもきっぱりとレプリカだとわかるよう、工夫をしておくべきでした。私の職人としての配慮のなさが元凶です」

「師村さんは善良すぎます。川獺のこん畜生め、くらい云ってくださったほうが、周りの私たちは気が楽なんですよ」

「努力します」

「そこで努力はしないでください。そういうところでまで自分を追い詰めないでくださ い。レプリカも海外に流れてたんですね。でもちゃんと、東風吹かば――でした。本物だってそうなります。近いうちにすべてが解決しますよ」

「本当にそう思われますか」

「請け合います」

安請合い癖を、ここぞとばかりに解放する。これはいいのだ――こういう場合は。

「そうだ、ちょっとご覧いただきたいんですが」

と、いったん工房に戻ろうとする師村さんに、

「あの、着替えてからでもいいですか。東前さんからお嬢さま風にしてこいって云われて、代り映えしないように見えるかもしれませんが、そこはかとなく頑張っちゃってるんです。よって各所が窮屈なのです」

「そういえば、今日は今日でまた雰囲気が。束前さんはなんと仰有《おつしや》っていましたか」

私は彼が眼鏡の位置を直す真似をして、「まあ、合格だろう」

「おめでとうございます」

「ありがとうございます。これ、パン。あとでちゃんと料理らしくしますけど、よかったらつまんでてください」

期待していなかったのだが、部屋着に替えて店に下りていくと、師村さんの指先には一片の黒パンが挟まれていた。食べてくれた。

「いただいております。あれ、いかがでしょう」と私の椅子を示す。

小生意気な顔付きのマリオネットが鎮座していた。

「顔が——あ、指も、もう直ってる。師村さん、なんて手早い」

「顔やジョイントはああ直してみましたが、指は、じつは小麦粘土と針金です。冨永さんの言葉からヒントを得まして——持ち主さんが指の姿にこだわりをお持ちですから、まずこうして仮の指を付けて確認していただき、ご納得いただけるまでその場で修正して、その形を元に本作業に入ったほうが効率がいいと考えたんです」

「それ、いい。ほかの人形の確認にも応用できそうですね」

「粘土に油分がありますので、みだりに使うと接着性がわるくなりますが、そこにさえ気を付ければ、おそらくは。ちなみにこの人形では木部と粘土の間に、正麩糊《しょうふのり》の層を設けてあります。洗えばきれいに落ちますから。ところで、すこし練習してみたんです」

師村さんは椅子の背に掛けてあった十字形の手板を取り、マリオネットを床に立たせた。もっとも手板というのは日本の糸あやつりでの呼称で、欧米ではアニメイターというらしい。これは後日、仁羽さんから教わったことだ。

人形の背筋が伸びる。ぎくしゃくと足を動かし、こちらに向かって歩いてきた。

待ち構えている私に気付いて、はっと顔を上げる。

動いているのを咎《とが》められるとでも思ったか、一歩、また一歩、後ずさっていく。

ついには背中を向けてしまった。

すこし遠ざかって、立ち止まり、振り返る。また行って、振り返る。

手をあげて、私においでおいでをした。

「どこに？」と私は思わず尋ねた。

小首をかしげている。彼にもわからないらしい。

それでもやっぱり、おいで、おいで——。

†

ご様子伺いにと花咲《はなさき》さんの店へ向かっていた私は、辷《すべ》るように接近してくるロールスロイスを車道に認め、大慌てで人形堂に駆け戻った。

「来た。来た！」

誰が？　と冨永くんが目付きのみで問う。

「コレクター」

なんだ、と今度は唇だけを動かし、視線をまたジョンスコに戻した。

師村さんが工房から出てきた。「来ているんですか」

「ええ、いまそこにファントムが。師村さんが連絡を？」

「いいえ、まだです。東前さんからなにか伝わったのかもしれません」

やがてカウベルが鳴った。前回と同じく、まずお付きの池上《いけがみ》さんの背広姿が現れ、続いてその肩に手を置いたコレクターが入ってきた。

黒眼鏡に白い杖。軽井沢のコレクターは生来の盲人である。私たちのようにたまたま実像と接していないかぎり、思い付きにくい特徴だろう。

美術品と人形の本質的な差異を、彼女の存在は象徴している。

視力を持たない美術蒐集家が存在しうるだろうか。特異なインタラクティヴ芸術じゃないかぎり、彼らにはその鑑賞すらままならない。

しかし人形なら彼らも、触って、抱いて、遊べる。繊細すぎて気軽に触れえない人形、触ると怪我をするような特殊な人形もあろうけれど、あくまで例外。

美術品を抱き締めて鑑賞する人はいない。撫で心地や頬ずりをした感触で評価する人もいない。ところが人形では、それが当り前なのだ。

「お邪魔しますよ、澪さん」

「いら——いらっしゃいませ。本日はどういうご用向きで」

「郁《いく》ちゃん、もうすこし傍に」

「はい」彼女ならではのその呼び方に応じて、師村さんが歩み寄る。

「冨永くんの気配がしないわね。辞めてしまったの？」

「いますよ」冨永くんがそっぽを向いたままで答える。

「あら。ふふふ」コレクターは意味ありげに笑った。「でも今日はあなたへの用はないの。郁ちゃん、麗《うるわ》しの君をお連れしたわ。ご確認あれ。池上、渡してあげて」

池上さんは幅のある風呂敷包みをかかえていた。師村さんに差し出された。

「なにが起きたのかは知らないけれど——ええ、まったく」と、コレクターは芝居がかった前置きをし、「以前、それを売り込みにきた胡散《うさん》臭い男が、急にまた、言い値でいいから買ってほしいと持ってきたの。小田巻姫。これで幻の布袋久は、ぜんぶ私の手許に揃いました」

私と師村さんは、ちらちらと表情を確認し合っていた。

コレクターのハンディキャップを物ともしない人形への鋭敏さは、私もあるていどわかっている。しかし彼女が視覚に頼れないのは厳然たる事実であり、ましてや師村さんが全面修復した代物と、同時に彼が製作したレプリカの別となったら、そうじゃなくても――束前さんが云ったとおり――神業の域だろう。

束前さんは、判定しえなかった。師村さんからこつを伝授された冨永くんは、レプリカと判定した。証誠寺氏が慌ててコレクターに売り払ったのも、レプリカと云われてみれば、思い当たるふしがあったからではなかろうか。

「奥で、独りで拝見してもよろしいですか」包みを受け取った師村さんは、思い詰めたような口ぶりでコレクターに尋ねた。

「もちろんですとも。水入らずでゆっくりと再会を愉しんでちょうだい」

師村さんは工房に入っていった。

「お坐りになりませんか」

「このまえのベンチでしたら、もうけっこう。坐った途端に腰をわるくしてしまいそうだったから」

「失礼しました。私の椅子ではいかがですか」

「澪さん、私は足が弱くて杖を持ってるんじゃないのよ。これは触角なの。そんなことより、その売りにきた胡散《うさん》臭い男、名前を証誠寺というの。しかもこの池上によれば、狸囃子のお寺と同じ字だとか。本当だと思う？　池上ってときどき私を担いでは陰で笑ってるみたいで、信用できなくて」

池上さんは黙ったまま、小刻みにかぶりを振っている。

「本当にその字です。じつは私、名刺を貰ったことが」

「あらまあ、手がかぶれなかった？　私なんて玄関に入れてやっただけで蕁麻疹《じんましん》が出ちゃったわ」

「あの、伺っていいことかどうかわからないんですが——あの人、蒐集家の倉庫への放火に絡んでいるかもしれないと、束前さんが」

「そうそう、川獺の倉庫が半焼したの。川獺は知ってるわよね」

「噂だけは」

「証誠寺の差し金だと私は確信しているわ。どうあれ鬱陶《うっとう》しい存在には違いないから、そのうち会社を乗っ取って、人形道楽から手を引かせようと思ってるの」

「そんなことできるんですか」

「違法すれすれでなら——本当はもう始めてるのよ。ついでに川獺も片付けるつもり。蒐集品が半減して転売計画がまわらず、資金繰りに苦労しているに違いないから、この機にめぼしい品々を買い叩いてやるわ」

銀狐がすでに登場していたことを、私は悟った。

十分ばかり経って、風呂敷に包み直した箱をかかえ、師村さんが工房から出てきた。

「懐かしかった？」その表情を見切っているような口調で、コレクターが問う。

師村さんは歯を食いしばり、眼を充血させていた。声を押し殺して泣いていたに違いなかった。

深い呼吸のあと、鼻声で、「私が修復した、布袋久作、小田巻姫に相違ありません。そのあと私が作った似姿ではなく、本物の小田巻姫です。本日は、お連れくださり――お連れくださり――」

言葉を続けられずにいる。池上さんが寄り添う。

本物だった。はたと冨永くんに視線を送る。

彼は頬杖をついたまま、ジョンスコ越しに師村さんたちの様子を眺めていた。

やがてその発した呟きが、いったい本気だったのか、計算尽くの行動を締めくくる韜《とう》晦《かい》だったのか、私には未だ見極めがつかないのである。

「右、左。向かって右、向かって左――あ、逆か」

四　ピロシキ日和《びより》

ジョンスコ人形を眺めるために出勤しているかのような冨永《とみなが》くんを、とうとう師村《しむら》さんが叱り飛ばした——。

「冨永さん、とにかく手を動かされることですよ」と、もちろん師村さんのこと、初めは言葉柔らかだった。「長いこと熊ちゃんの在庫が切れています。そろそろ補充なさっては」

ところが冨永くんときたら、その親身な言葉を鼻で笑った。やりとりを見ていた私は、顔からさっと血の気が引くのを感じた。

「せっせとまた、既製品のパロディを縫えと」

しかし師村さんは、たぶんことさら、首をかしげて、「それは、いったいどういう意味でしょう」

「僕に求められているのはしょせん、シュタイフやメリーソートのパロディだ。訴えられない程度まで、ぎりぎりに小細工した」

吐き捨てるようなその言いぶりにも、師村さんは微笑をうかべ、

「熊ちゃん作りに飽きられているんなら、新しい柄の八《はっ》つぁんでも。とにかく手を動かされることです」

「ねえ冨永くん、こないだの——」思わず割って入った私だが、続けてなにを云うとも決めていない。

「こないだの？」

と問い返されて、しどろもどろに、

「——吹雪饅頭《ふぶききまんじゅう》、どうだったかしら？　桃源堂《とうげんどう》さんの。みんなに好評なら、またお茶請けに買っとこうかなって」

「僕は、もういいです」

彼は私を袈裟《けさ》斬りにし、再び師村さんに向かって、

「八郎《はちろう》大明神に納めるぶんだったら、もう来月のまでありますよ。それ以上店に転がしておいても、在庫スペースの無駄だ」

「無い商品は売れません」

「売れない商品はマイナスを生む。作者の僕には分かります。あれは結局、造形として中途半端なんだ」

「ご自分の仕事に厳しいのは良いことです。でも愉快なお人形ですよ。眺めていると心

が和《なご》みます」

「そして売れない。売れない蛸《たこ》を作れとシムさんは云う。シムさんがぜんぶ買ってくれるの？」

「売れる売れないは、波ですよ。商売には必ず波がある。もし八つぁんにもお飽きになっているんだったら、別な可愛い縫いぐるみだって、あなたにはいくらでも作れましょうに」

「別な、既存の可愛い物のパロディならね。そのうち本当にシュタイフ辺りから訴えられても、僕は店主とシムさんに命じられたとしか答えられないから」

「シュタイフはあなたを訴えません。マルガレーテ・シュタイフもまた、既存の縫いぐるみたちを参考にしてあの型を創りあげたんです。冨永さんには冨永さんなりの新しい感覚、そして確かな技術がある。あなたが純粋に、これぞ可愛い、と思われる型に対して針をふるわれれば、それはパロディでもなんでもない、立派なあなたの作品です」

「立派な猿真似」

「では、そうお考えになっていても結構。人形作りは、自分を受け容れてくれる型を探す旅でもありますからね。本人は既存の型の踏襲だと感じていても、職人の個性は否応なく滲《にじ》むものです」

「型、型、型、型、けっきょく型だ。そう。独自の可愛さを生みだすことが、僕にはできない」

なぜですか、とまでは師村さんは問わなかった。

冨永くんがそうである――もしくはそう思い込んでいる――理由を、私たちは知っている。彼にとって縫いぐるみ作りはもともと、人や物が醜く見えてしまう病に抗して、美意識を再構築するための治療だった。

のちのち、私は考えた。再構築はどこまで進んでいたのか？

医者ではないし知識もない私には結論しようがないけれど、周囲からちやほやされること請合《うけあ》いの、要するに、必ずや一般受けする縫いぐるみを縫うのでなくては治療にならない、という程度の想像はつく。

最も安全な縫いぐるみは、たぶんテディベアだ。そう考察するに至って、私はようやく気付いた――冨永くんが初めて、大きなバスケット一杯のテディベアを店に持ち込んできた愉快な午後の、本当の意味合いに。

とっくの昔に売れてしまった、あの色とりどりのベアたち――あれは彼の治療痕だったのだ。

それからの人形堂でのさまざまな出逢いが、昏睡していたもうひとりの彼を目覚めさせた。そうしてついに描かれた彼の自画像が、八つぁんだった。

――私はすこし、語りを急ぎすぎているようだ。これまでと同じく、あくまで人形堂のゆったりとした時間の流れに寄り添っていることとし、のちの冨永くんの決断についても、然《しか》るべきタイミングまで口を噤《つぐ》んでいよう。

自画像たる八つぁんが、世間から拒絶されたと、そのときの彼が感じていたのは間違いない。たかだか数个月の停滞だが、多分に幼児性を残しているこの青年にとっては、数年の停滞にも等しかったようだ。

「新製品!」と彼は私を睨めつけた。「そんなことを毎日毎日命じられても、僕にはどこかからまた古ぼけた型を拾ってきて、自分を塡め込むことしかできない」

すみません、と私が詫びるよりも早く、師村さんが吐息まじりに、

「できることがあってよかったじゃないですか。さっさと拾ってこられるんですな」

「アンティークショップに本物が売られているとばれたら、もう手も足も出ない」

「では冨永さんなりの新奇な工夫を加えるか、それも無理なら、また別の型を拾ってこられればよろしい」

「型の奴隷はもう御免だ。僕は蛸焼きじゃない」

「莫迦者」と、ついに師村さんの語気が強まった。それでも私たちの日常会話の半分くらいの勢いだったが。「型のどこが悪いとおっしゃるのか。そんな妄言を吐かれるまえに、ちゃんと型に作らされてみることです。シュタイフの型にもメリーソートの型にも手が届いたためしのない者が、型だからと云って先人の蓄積に唾を吐く。なんと愚かし

いことか」

「ほうら、本音が出た」と冨永くんは自嘲した。見ていて胸苦しくなるような、凍った笑いだった。「いいですよ、訂正しなくて。半端者の八つぁんは僕そのものだ。シュタイフやメリーソートどころか、邑井《むらい》次郎《じろう》や五十埜《いその》さんの芸術性にも、麗美《れいみ》やこの趣味で作られたジョンスコにも遠く及ばない。シムさん、あなたはいいよ。一流の伝統のなかで悠々と游いでいられる。なにしろ生まれながらの本物だもんね。国立文楽劇場にだって鉦《かね》や太鼓で迎えてもらえる」

師村さんはいっそう表情を険しくし、そのまま黙りこんでしまった。

冨永くんは上衣を羽織り、革のショルダーバッグにパソコン類を詰め込んだ。「ご命令どおり、盗めそうな型を求めて街を徘徊してきます」

彼は店を出ていった。

「つい暴言を吐いてしまいました。どうかお赦しください」師村さんが私に詫びる。

私は頭を振って、「どちらが悪いかといったら、もちろん冨永くんです。よくあの程度で我慢なさいました」

「人形師は世襲ではありません。申之助《さるのすけ》の息子だからといってお仕事をいただけるわけではないんです」

「わかっています。本当は冨永くんだってわかってる」

その日、冨永くんは戻ってこなかった。翌日から無断欠勤が始まった。

私たちが事態の深刻さを真に悟ったのは、冨永くんの欠勤が十日にも及んだ頃だ。

二つの締切りを乗り切ったという小説家の仁羽《にわ》さんが、ようやっとマリオネットの確認に訪れた。

師村さんは恭《うやうや》しく修理中の人形を差し出し、「手の指は粘土による仮の造形ですから、まだいくらでも変更が利きます。それからお顔や脚の、元からの部分と新しく足した部分とに色の差が出てしまっていますが、これから馴染《なじ》ませます」

「拝見します」

目の前にぶら下げ、パーツの一つ一つを指で撫で、椅子に坐らせて後ずさり、床の上で歩かせ——と、仁羽さんの確認ぶりは慎重をきわめた。

師村さんの仕事だから、不出来であるはずはない。問題は、仁羽さんの記憶にどれほど合致しているか、だった。仁羽さんのなかでかつての姿が美化され、師村さんの推察のほうが本来に近いはずだとしても、私たちにはそう云い張ることができない。

常に持ち主が「正しい」のである。

ろくに細部を確認することなく、なんとなく直っている、で満足するお客もいる。仁羽さんは正反対のタイプで、その精査は三十分にも及んだ。

無数もの「違い」を指摘されるのを覚悟した私は、それらをメモするために手帖を広げていたし、こういうときは黙っているのが常の師村さんが、さすがに幾度か、

「いかがでしょう」と発した。

「ご店主」

「はい」

ついに仁羽さんから呼びかけられ、手帖を構えたが、彼は失笑し、

「なにもメモしなくて結構」とマリオネットを師村さんに返した。「チェコの風景のなかで眺めたこの人形とは、今はそこここがはっきりと異なります」

師村さんは肩を落した。

私は吐息まじりに、「指の表情が違いますか」

「指も違えば、顔付きもまったく異なります」

「色を馴染ませても駄目でしょうか」

「誤解なさらず。現状を気に入りましたから、そのままお進めください」

「はい――？」

「師村さんによる修理痕を気に入ったんです。顔はそのままで結構。指やほかの箇所も、ことさら馴染ませて、修理された事実を隠さないでください」

師村さんはマリオネットと仁羽さんとを見比べながら、「よろしいのですか？　お代

は変わらないと思いますが」

「隠さないでください」と仁羽さんは重ねた。「いまそのマリオネットを眺めながら、ずっと思い出していた情景があります。かつてイングランドでのコンヴェンションに参加した際、さる貴婦人——老婦人です——と知り合うことができました。パーティ会場のホールで私は、彼女が皺《しわ》一つない素晴しいツイードのコートを脱がれるのを、お手伝いしました。その裏地を目にして、驚いたんです。雑多な古布の、継《つ》ぎ接《は》ぎでした。私の表情を見て取った彼女は、艶然と、『祖母が仕立て、母が受け継ぎ、今は私が着ています。かぎ裂きや虫食いは職人がいれば直りますが、戦争中に裏地を見つけるのは大変なんです』。当時の彼女の身分なら、裏地全部を新品に換えてしまうのは訳もなかったはずです。なのになぜ？　語るも野暮ですが、もちろんそれが、比肩する物なき素晴しい裏地だからです。美はお金で買えても、歴史は決して買えませんからね。そのマリオネットがあのコートに匹敵する風格を備えるには、これから何世代にもわたって受け継がれていく必要があることでしょうが、すでにチェコから日本に渡り、大地震を経験し、師村さんという素晴しい職人と出逢い——この彼の貴重な記憶を塗り込めてしまうことを、私は望みません」

人形の記憶——。

八郎さんも訪れた。仁羽さんがマリオネットの出来を確認すると聞き、ここで待ち合わせることにしたのだそうだ。これから一緒に夜の街に繰り出すという。

あえて修理痕を残すという仁羽さんの判断に、ほう、と驚いた顔をしていたが、心から驚いているようには私には見えなかった。一流の作家と一流の職人が巡り会えば、なにが起きても不思議はない、という程度には見通していたのだと思う。

「ついでに今月ぶんの八つぁんを受け取っていきます。行きは荷物になりますが、帰りには半減しているでしょう。ところで今日、冨永くんは？」

「病欠です」と私は誤魔化した。「八つぁん、いまご用意しますね」

ショウケースの裏にまわって、八つぁんがストックされている段ボールを開ける。

「――え？」と、そのとき初めて気付いた。一箱に入っているのは半ダースの八つぁん。二箱で、八郎さんに納めるひと月ぶんである。

表に出て、

「師村さん、ちょっと」と小声で呼んだ。

「なんでしょう」

「八つぁんの箱、移動させました？」

「いえ、私はなにも」

「一箱足りないの。一ダース半しか残ってない」

強力粉、砂糖、ドライイーストに塩。そこに溶き卵と牛乳を注いで、一体化させる。打ち粉をした俎板《まないた》の上で、生地を捏《こ》ねる。バターを加えながら捏ねまくる。軽く暖めたオーヴンに生地を入れ、一次発酵を待つ。

そのあいだに玉葱を刻み、人参を刻み、戻した春雨《はるさめ》を刻み、挽肉と一緒にフライパンで炒め、塩と胡椒《こしょう》で味を調える。適当にマヨネーズとケチャップも。キムチでも入れる？　いや、今回はやめとこう。

「なにこれ。我ながら美味《うま》い、美味すぎる。そろそろ——あら、なんで？」

まあいいか、と生地を分割して丸め、オーヴンで休息《ベンチタイム》をとらせてから、麺棒で伸ばしていく。

具を入れて半月形に閉じる。大きな餃子《ぎょうざ》みたいに。

天板にきれいに並べて、さあ二次発酵、カモン！


「いつから来てない？」

「もう二週間になります。電話にも出てくれない」

「じゃあ、もう辞めたってことでいいじゃないか」ボルシチを啜《すす》りながら、束前《つかまえ》さんはそうあっさりと云ってのけた。

「荷物が、まだ店にたくさん残ってますけど」

「八つぁんは持ってったんだろう？」

「ええ、半ダースだけ。店が開いているあいだのことなら、カウベルが鳴るし小さな荷物ではないから、私か師村さんが必ず気付きます。つまり店を閉めているあいだに持ち去られている。鍵を持っているのは私と師村さんと冨永くんだけだから、彼としか考えられません」

「順次、いろんな物を回収してくんだろうよ。しかし納品が決まってる物を持ってくってのは最悪だな。自分が縫ったとはいえ、厳密に云えば泥棒だ。もうあんたらと一緒に仕事をする気がないってのは確かだ」

「冨永くんを欠いた人形堂――いったいどうすればいいんでしょう」

「世にいい職人はいくらでもいるさ。なんなら俺を雇うか？」

スプーンを取り落としそうになった。「代わりに束前さんが来てくださるんですか」

「冗談だ。俺には会社がある。潰れかけとはいえ、大切な自分の会社が」

ほっとしたような、がっかりしたような――。

「カンフルが悪いほうに作用したな。俺たちが見たのは、やっぱり本物の布袋久《ほていひさ》だったって？」

「ええ。コレクターも師村さんも、そう」

「しょせんそのふたりにしか判別しえないと悟った坊やが、気障《きざ》狸に泡を吹かせてやろうと一芝居打ったわけだ」

「そう――いうことなんでしょう、たぶん」

「常人には判別しえないという俺の鑑定は、あれはあれで間違っていなかった」

「公正だったことになりますよね。失礼を云ってすみませんでした」

「失礼を云ってはあとで謝る、あんたの行動パターンにもいいかげん慣れてきた」

「重ねて、すみません。とりわけ香山《かやま》リカさんについては。彼女からの注文、どうなりました？」

「今は佐藤《さとう》リカだ。人形は制作中」

「男の子？　女の子？」

「今のところ、少年の人形ってオーダーなんだが」東前さんはもともと陰気な表情をいっそう曇らせ、「注文の中身がころころ変わる。ネットで見た麗美の造形が気に入ったと云って注文してきといて、やがて天使のような少年像がいいと云いはじめた。それが、やっぱり眼鏡を掛けさせてくれとか、それでいて拈《ひね》くれた感じがいいとか――正直、訳がわからん」

　訳がわかりすぎる。どんどん東前さんに近づいている。

「打合せに次ぐ打合せ。やっとこさ造形が定まってきたかと思うと、また変更」

「あのう、私の口から云うのも変ですが――彼女はただ、東前さんに会いたいだけなのでは」

「もう香山と顔を合わせる気はないね」さっきは佐藤と訂正しておいて、自分で香山と呼んでいる。佐藤だと、ご亭主の顔が先に出てきてしまうのだろう。

「なぜ？　人形も断るんですか」

「断ってたまるか。こっちはプロなんだ。でも顔を合わせての打合せじゃなく、メールでのやり取りに徹するつもりだ。もはや女王様に仕える気はないよ。あくまで対等な関係で行く」

「会っていると、高飛車な態度をとられたり？」

「――そんなことはない。俺が卑屈になってしまうだけだよ、あの顔を目の前にしていると」

私が悪いわけじゃあるまいに、ふて腐れたようにそっぽを向く。その横顔を前にしていて、ふと香山リカさんの真意が垣間見えたような気がしたのだが、自信が無いので触れずにおいた。

「香山の話はいい。で、相談っていうのは、さっきの坊やの話だけ？」

「関連して、もう一つ」

改めて、花咲さんの物置に眠っていた邑井次郎のマネキンの話をした。現状についてや冨永くんの反応についても、目にしたとおりを可能なかぎり正確に話した。

「軟化したファイバー・マネキン。厄介の極みだな。内部が黴《かび》の巣窟になっている可能性もある。しかも店で使いたいとなると——」

東前さんは長考を始めた。俺なら——と云いかけては黙り、云いかけては黙り、を五回くらい重ねたあと、

「俺なら、完全に乾燥させたあと、切断面を大きくとって分解し、内側から浸透性の高い合成樹脂を染み込ませて、表層以外をかちかちに固める。黴も一緒に封じ込めちまう。あえて切断面を大きくとるのは、接合して衣服を着せたとき、その重量が分散するようにだ」

「そんな都合のいい樹脂が存在するんですか」

「あるかないかで云えば、ある。樹脂なのか紙なのか区別がつかない商品ラベルなんかがよくあるだろう、ああいうのはその産物だ。同じ手法で造られた半樹脂の半木材も、俺たちの身のまわりにたくさんある。机、椅子、ゴルフクラブに万年筆の軸——。ただし重合の温度まで、人形に都合がいいかどうかはわからない」

「じゅうごう?」

「新しい分子結合。要するに固まるってことだ。さらさらな樹脂だけに、いったん熱を加えないと固まってくれない。その熱が人形の造形にダメージを与えるかもしれない。それ以前の乾燥の段階でも、変形は生じうる。強制的な乾燥は絶対に駄目だ。東京の風

土じゃ難しいが、辛抱強く自然乾燥させること。そういった一切合財《いっさいがっさい》がうまく行き、首尾よくマネキンが、マネキンとしての使用に耐える強度を得られたとしよう。次の問題は表面の汚さだ」

「顔や手は灰色に近いんです」

「想像がつく。しかし邑井次郎や当時の職人たちの仕事を上塗りするのは、坊やには怖い。俺にだって怖いよ。特に顔。ただしそのマネキンが美人であるほどに、別な方策での勝算がある」

美人であるほどに？　冗談だと思いかけたが、束前さんの表情は真面目くさっている。

「どういうことですか」

「日本のマネキンは基本的にレンタルだ。店で不要になってメイカーに戻ってくると、そのたびに化粧直しされて次の出番に備える。ファイバー・マネキンは、胡粉を塗り重ねられては改めてラッカーで化粧されていた。つまり人気のあったマネキンほど、厚塗りということになる」

「あ、わかりました！　今の顔の下に昔の顔が――違いますか」

「珍しく正解。変色してしまった今の表皮を、薄く丁寧に剝げば、以前の顔が出てくる可能性が高い。恐ろしく繊細な作業になるが」

「束前さんって凄い。天才？」

「昔はそう呼ばれてた」

「でも、マネキン人形にさえそんなに詳しいだなんて」

「俺たちがどんな人形を造ってるか思い出してくれ。世間から見りゃ、持っているのがばれるのも恥ずかしいダッチワイフ。でも俺と社員たちが、愛される人形をとことん追求してきた成果なんだよ。もちろんマネキンも必死に研究した」

テーブルに着いたまま会計したあと、私はおずおずと、持参していた紙袋を彼に差し出した。「お土産《みやげ》が」

「なんだ？」

「焼きピロシキです」

「この店のか」

「いえ――すみません、私がつくりました」

「この名店のと比較してみろと？」

「間違っても比べないでください。まさかこんな展開になろうとは。このお店を指定されるだなんて思わなかったんです。初めてつくったんですけど、師村さんはきっと美味しいとしかおっしゃらないだろうし――」

「毒味か」と紙袋を受け取るや、東前さんは前のめりになった。「重いな、おい」

「ちょっとした事情がありまして」

袋の口が開かれる。「なんだ、これ。いったい何個入ってんだ？」

「――袋のサイズとは裏腹に、十三個か十四個。自分で食べて、味は悪くないと思ったんですけど、残念ながら膨らみが悪くて」

店内にもかかわらず、彼は堂々と私の力作を摑み出し、「焼きピロシキというより、お焼きピロシキだな」

「最終的にオーヴンで焼けば、どうせ膨らむものだという思い込みがあったんです。学んだんですけど、膨らんでない物を焼いても、焼けた膨らんでない物にしかならないんですね」

「当り前だ」

「喫茶店かバーで相談にのっていただいて、皆さんで、と帰り際にお渡しして、お、気が利くじゃないか、という展開を夢想していたら、ピロシキは膨らまないわ、よりによってロシア料理店を指定されるわで、完全にパニックに陥っていました。ごめんなさい、やっぱり持って帰ります」

弁明しているあいだに齧《かじ》りつかれてしまった。私は審判を待った。

「ふむ――イーストと塩を、早々に隣接させたんだろう。イーストは薬品じゃなくて生き物だ。塩に触れると浸透圧で死滅する。なめくじに塩をかけたのと同じだ。奴らが活動を始めるまえに、あんた、皆殺しにしちゃったんだよ」

そういう言い方——をされてもまあ、仕方のない出来ではあった。

「料理にもお詳しいんですね」

「料理に詳しいわけじゃない。会社を立ち上げた頃、パンを人形作りに応用できないかと試行錯誤したことがある」

「それは人形というより、人形型のパンでは」

「食える人形を作ろうってんじゃない。手や耳のような、型に素材を充填しにくい部分にイーストの力を借りて、それを乾燥させて、合成樹脂で固めて——まあ、悉《ことごと》く失敗に終わったがね」そう語りながら、束前さんは手にしていたお焼きピロシキを平らげ、

「ピロシキとは別な料理だと思えば、味自体は悪くない。手料理に飢えた社員どもが喜ぶ。いただいてくよ」

実際、味はお気に召したのだろう。別れ際に奇蹟が起きた。お焼きピロシキの袋を高く挑《かか》げて、

「ありがとう」と云ってくれたのである、あの束前さんが。

†

「姉さん、強い」とその昔、従妹《いとこ》の早苗《さなえ》ちゃんからよく云われた。

もっとも、生き方ではなくオセロゲームに関してだ。素朴なゲームだから、定石を知

っている者が知らない者に負けることは、まずない。

早苗ちゃんは七つ下の、今も素人《しろうと》ながら舞台に立ったりしている綺麗な子で、話し方が大袈裟で、それが妙に可愛い。あの「姉さん、強い」が聞きたくて、定石を知らない彼女の無謀な挑戦に、私は幾度となく応じていた。

本当に強かったのは、早苗ちゃんの言葉だ。彼女の「姉さん、強い」は、いつしか私の護符となり、失恋のときもリストラされたときも、私は凹《へこ》みに凹んだ挙句、その響きと共に立ち上がってきた。

私は、強い。

冨永くんが来なくなってひと月が経ち、私の心にはかつて思いも掛けなかった変化が訪れていた。冨永くんのいない人形堂に慣れはじめていた。

相変わらず淡々と仕事をこなしてくれる師村さんはもとより、束前さんの存在が、じつは大きい。ロシア料理店で相談にのってくれた翌週、不意にスーツケースを引きずって店を訪れた。

「坊や、どうせ戻ってきてないんだろ？　こないだの奇天烈《きてれつ》料理の、お礼になるかどうかはわからんが、賑やかしだ。気に入ったなら置いてくれ。値段や歩合はそっちで適当に決めていい」

彼がスーツケースを開くと、冨永くんのテディベアを彷彿させる、色とりどりの――

でも、猫だ。ぜんぶにやにやと笑っている。『不思議の国のアリス』のチェシャ猫だ。一ダース以上あった。

「熊や蛸は、あえて避けた。万が一、坊やが戻ってこようとしたとき、居場所がないと困るだろうからな」

私は、言葉もなかった。

「ぜんぶ束前さんが？」と問うだけで精一杯だった。

「孤独に夜なべをして？　おいおい、キャプチュアを舐めてもらっちゃ困る。うちの社員たちが本気を出せば、この程度は残業一回だ。金になるならなんでも請け負うぜ。俺たちはプロだ。ただし、他人の創作人形と他社のラヴドールの修理以外な」

私はチェシャ猫たちを仕入れた。売れた数はまだ僅かだが、店のなかが再び華やかになったことが、なにより嬉しい。

私は私で一つの決意をかためており、そのうち束前さんに聞いてもらおうと思っていたのだが、そのときは云えなかった。師村さんにもまだ話していない。

「ピロシキ！」と、帰ろうとする束前さんに追い縋《すが》る。

チェコとかピロシキとか、肝心なときに一語しか発せないこの癖は、なんとか矯正しよう。きっとまだ間に合う。

「なんだ？」

「また焼いたんです。今度は膨らみました」

「よかったな。シムさんはなんと?」

「美味しい」

「だろうな」

「また焼いたら、キャプチュアの皆さんと食べていただけますか」

束前さんは眼鏡を押し上げ、「七個とか十一個とか十三個とかの素数は避けてくれ。配分に困る」


胴体の穴の彫り広げで、いきなりへこたれそうになった。

彫刻刀を持たされるとは思わなかった。小学校の図工以来だ。

がむしゃらに穴を彫り広げていたら、

「お椀《わん》じゃありませんから」と谷山《たにやま》先生から注意された。「穴が深いぶんには構いませんが、広すぎるとかしらがぐらぐらになって、桐塑《とうそ》粘土での補修が必要になってしまいますよ」

声の落ち着きぶりから私よりたいそう年上と思《おぼ》しいのだが、風貌がまさしく日本人形めいているので、もしかして私より若い? と思う瞬間があったりもする、そんな女性である。

考えてもみれば人形教室の先生が見苦しかったら、「この教室で美しい作品はつくれない」と判断されること請合いなわけで、人形堂を背負っている私も気を付けねばならない。

これからは気を付けます。気を付けますとも。無理のない範囲で。

浅草橋《あさくさばし》に大きなビルを構えた、老舗《しにせ》の人形問屋である。小売りをする以外に、木目《きめ》込み人形や押絵の教室を構えている。

なぜ木目込み人形？　さしたる理由はない。正直なところ、人形でさえあればなんでもよかった。よく教室の案内を見掛ける木目込みだったら、きっと初心者向きだろうと、無難な選択をしたつもりだった。この問屋の教室を選んだのも、ただ屋号に見覚えがあったからに過ぎない。

「売り手や買い手の思考しかできない」と冨永くんから云われた。事実だ。自分には職人の心がわかっていないという、奇妙な自信がある。

頭で理解できる日は永久に来ないだろう。だからせめて、指先でその一端に触れておくべきだと意を決した。そうすれば失言も減るだろう、と。

そうこうするうちに冨永くんが来なくなってしまったので、本来の動機は失われてしまったかたちだが、すでに教室に予約を入れてあったし、人形堂を維持していく以上、無駄な経験にはなるまいと思った。

冨永くんがいなくとも、まだ師村さんがいる。師村さんがいてくれるかぎり、店を閉めるわけにはいかない。

教室でまず、材料一式が入った紙箱を渡された。先生から推薦された、桜色の縮緬《ちりめん》をまとった童女人形のキットである。

箱を開けた瞬間、私は自分の大きな勘違いを悟った。これまで伊達《だて》に師村さんの仕事ぶりを眺めてきたわけではない。これは、手順を守って作業すれば必ず仕上がるプラモデルのような代物では、断じてない。

さすがに高度な技術を要するかしらと手とは、胡粉《ごふん》塗りの完成形だが、あとはぜんぶ素材だ。材料を買い集める手間、桐塑を捏ねて固めて筋彫を入れる手間、この二つが省かれているだけなのだ。

乾燥した桐塑は、コルクのような色合いながら、手に取るとかちかちに固い。それでいて、中空なので拍子抜けするほど軽い。

かしらの頸部と手首を挿す位置に、穴が空いている。しかしあくまで目安。そのままでは径が小さくて一ミリも入りやしない。これを小さすぎず大きすぎずに彫り広げ、かしらと手とを適切な深さと角度に固定する難事業は、あくまで私の技術と美意識に託されていた。

仮挿ししては彫り下げ、また挿してみては彫り――やっとこさ三つの穴に合格点を貰ったと思ったら、今度は紙やすりによる下地磨き。
　ここでまた心が折れかけた。やすりの扱いに慣れていないせいか、十分も作業すると
もう、手のそこここが痛くて仕方がない。
「さきは長いですよ」先生が後ろで笑う。「下地が滑らかなほど、張った布に照りが出
ます。せっかくの金襴《きんらん》が艶消し仕上げだなんて、お嫌でしょう？」
　それは避けたい。なんのための高価な布だかわからない。
「いったん休憩して、手を休めましょうか」
　という彼女の提言に、心底、ほっとした。
　一階に下りて、自動販売機でペットボトルのお茶を買い、教室に戻る。
「初めは手が痛くなっちゃうのよね」と、ほかの生徒さんが声をかけてきた。
「手だけじゃなくて、なぜか全身が痛いです」と笑い返す。
「そうそう。私もそうだった」
　生徒といっても、たぶん私の母より年上だ。そんな女性ばかりである。
　彼女らが三々五々に集まって、手際良く自分の作業をし、仲間たちと雑談を交わして、
帰っていく。そういう形式の教室だった。気が付いてみれば、最も長く居座っているの
が私だ。まだ一枚の布も張れていないというのに。
　先生は基本的に私に付きっきりだが、たまに、仮にかしらを挿した人形を手に相談を

持ちかけてくる他生徒がいる。私の耳には話の半分も通じない。どうやらキットは基本形に過ぎず、端切《はぎ》れ選びや造形に自分なりの工夫を加えるのが、木目込み人形の醍醐味《だいごみ》らしい。

創作人形そのものじゃないの。初心者向けだなんて誰が決めつけた？　私です。

お茶を飲んでいると、テーブルの向かいに谷山先生が坐った。小声で、「澪さん、ここには、なにしにおいでになったの」

「え？」なにを問われているのかわからなかった。「木目込み人形を習いに」

「それはそうでしょうけど」

先生は、私に云わせれば冷ややかに、微笑している。彼女の真意を推し量ろうとしているうち、はたとある可能性に思い当たって、身が強張《こわば》った。

「人形を作るのって、どんな感じなんだろうって――」

「ええ、それはわかります。ただね、こういう教室においでになる方って、無謀だったりささやかだったりはそれぞれですけれど、必ず目的があるものなんです。出来上がった人形をお子さんやお孫さんにプレゼントしたいとか、美術を勉強なさっている方が技法を創作に活かしたいとか、いつか人形教室を開きたいだとか。でも澪さんには、それがまったく見えない。電話で入室を申し込まれたとき、私も応対しましたよね？　憶えていらっしゃいますか」

「はい。先生のお声でした」

「私がなにを尋ねても、なんでもいいです、としかおっしゃらなかった。木目込みならなんでもいいです、ですらなくて、人形ならなんでもいいです、というふうに私には聞えました」

電話でのやりとりを思い返す。たしかに私はそういう態度だった。

「右も左も分からない初心者ですから、お勧めに従っておくのが得策かと」

「そう。それならそれで結構なんですけど」

言葉つきは柔らかいが、納得してくれた風情《ふぜい》ではない。私はお茶を飲む。

ふと先生はキットに付属していた、出来上がり見本が印刷されたカードを指差し、

「上手に出来たら、誰かにプレゼントなさるの?」

「あ——いえ、自分で飾っておこうかと」

「お部屋に?」

頷いた。冷汗が出そうだった。すでにかいていたかもしれない。今も玉阪人形堂が小売りをやっている以上、私はこの問屋の同業者、競合者なのだ。

冨永くんの存在が大前提の、教室への申し込みだった。人形が上手く出来たら店に飾って、制作の苦労を彼にアピールするつもりだった。少々拙《つたな》い箇所があっても、きっと彼か師村さんが手直ししてくれるだろうし——などと限りなく甘いことを考えていた。

より正直に云えば、それがお客の目に留まって「売ってください」と云われ、「私が趣味で作っただけの非売品なんです」と照れながら断る自分すら夢想していたのである、お目出度《めでた》くも。

人形屋が人形を習いに行って、なにか誤解を招きやしないかとの懸念がないではなかった。経営状態を覗きにきたと思われはしないか、人形教室のノウハウを盗みにきたと疑われはしないか――厄介ごとを避けるために、私は自分の素性を隠している。

先生がテーブルを離れ、私は半べその心地で下地磨きを再開する。

谷山先生は、たぶん私を見抜いている。どうしてばれたのだろう?

それから一時間くらいで、

「その辺で充分でしょう」と作業を止められた。

教室にはもう、私と先生しかいない。

「ここからが木目込みです。まずお手本をお見せしますね」

人形の帯に使う金襴を、先生は台紙に合わせて小さく鋏《はさみ》で裁った。

「貸してください」と私から受け取った胴体を左手に、篦《へら》を右手にし、布をすいすいと筋に押し込んでいく。「しっかりと押さえて布に癖をつけて、わざと二ミリくらい余らせて――」

反《そ》り刃《ば》の鋏で縁《ふち》を整えていく。ぱらぱらと金糸の端が零《こぼ》れて、芝居の花吹雪のようだ。

布をいったん外し、篦の反対ですくった糊を筋に流してから、再び押し込む。

「こうして、布の周囲をぐるりと木目込みます。縁を多く取りすぎて、それを無理に押し込んだりすると、反対側からの布が入らなくなりますから気を付けてね」

ここで私はまた、自分の長年の勘違いに気付いた。「糊は筋にだけ?」

胴体全体に塗って、べったりと布を貼りつけるものだと思っていたのだ。

先生はぽかんと私を見返した。そんなことさえ知らずに来たの、という顔だった。

「ほかの生徒さんたちがやってらっしゃるの、ご覧になったでしょう」

まったく見ていなかった。そんな余裕はなかった。

「縮緬は糊が浸《し》みると色が変わってしまいますし、全面を接着してしまったら衣装替えも難しいですし、外したきれもほかのことに使えないし」

縮緬の色——衣装替え——。

愕然となった。冨永くんと、師村さんと、東前さんとも五十埜さんとも、さんざん接してきたくせして、そんなことにすら考えが及ばなかった自分自身に、だ。

いったい何を作るつもりで、私はのこのことここに出掛けてきたんだろう。箱の中から、綺麗に毛吹きされた童女のかしらが、こちらを見つめている。

私を嘲笑している。

職人の奇蹟的な筆先が成した、その躊躇《ためら》いなき切れ長の目を間近にしてなお、私はなんの緊張感もなく、久々に夏休みの工作をやっているような気分でいたのである。それでいて自意識過剰にも、人形を扱っていることは隠そうとしたりして、このまま先生を欺《あざむ》き通そうとしたりして——。

莫迦もいいとこだ。

谷山先生が木目込んでくれたのは布の一端だけだった。篦で別の箇所に癖をつけようとしていたら、先生がやってくれた部分が筋から外れてしまった。慌てて押し込みなおしていると、今度は金襴がどんどんほぐれてきた。

仕方なく全体をずらした。すると布の反対側が、木目込むべき筋に届かなくなってしまった。

私は今、端切れを一枚、殺した。

頭のなかに師村さんの声が響く——冨永さんには、布と糸の声が聞えます。

この篦を握っているのが、もし冨永くんだったら——。

「ああ、私が金襴でお手本を見せてしまったものだから。金襴はほぐれやすいから、そういう失敗をなさる初心者は多いんですよ。大丈夫、いくらでも修正はききますから」

先生が私の目の潤《うる》みに気付き、理由を誤解して慰める。

「違うんです」

私は先生に対し、正直に自分を語った。世田谷の小売店、玉阪人形堂を譲り受けてしまった身の上であること。今は主に修復を請け負っていること。素晴しい二人の職人のお蔭で、これまでなんとかかんとかやってこられたこと。その一人を出勤できない状態に追いやってしまったこと。

「そうだと思っていました」先生の今度の微笑は、暖かい。「世田谷の玉阪さん」

私の苗字は玉阪ではない。それは屋号だ。そちらを知られていたことに私はびっくりして、「どうしてそれを」

「軽井沢のコレクターがお話しになっていました。うちにもときどき立ち寄られるんですよ」

思わず天井を仰いだ。私は本当に考えが足りない。日本人形の老舗とコレクターが繋がっていないはずなんて、ないじゃないの。

「ご住所や下のお名前の一致を、なるべく偶然だと思うようにはしていたんですよ。ところが澪さんの態度は一貫して、仕方なく、に見えました。技術の巧拙は別にして、熱に浮かされたように寝ても覚めても人形、という人ばかりがここを訪れます。でも澪さんは正反対。仕方なく人形。目が覚めたら、あーあ、また人形。むかし私もそうだったからわかるんです。ここにお嫁に来るまでは、自分が人形たちと生きる羽目になるなんて想像だにしていなかった。最初は嫌々でしたし、毎日が失敗の連続でした」

社長夫人――？

いつしか窓外が暗くなっていた。

「そろそろビルが閉まります。本日はここまでとして、今後もお好きなときに通って、制作を続けてくださいね。ご自宅でも作業をなさいますか」

「――はい、ぜひ」

「じゃあ篦が必要ね。鋏も？　お買い上げでいいですか」

「はい」

「新しい物を準備してきます」

教室に取り残された。エプロンを外しながら、桐塑の肌が剝き出しの胴体を眺める。今日の私は、たった一枚の布も木目込めなかった。

椅子に掛けてあった上衣のポケットで、携帯電話が震えはじめた。

五十埜さんだった。新宿の路上で、冨永くんらしき人物を見掛けたという。

「たぶん冨永さんだと思うんですけど、顔はどう見ても冨永さんだったんですけど、あまりにびっくりして、そのまま通り過ぎてしまいました――彼はいったい、なにをやってるんですか」

教えられたその路、閉じた銀行のシャッターの前に、じじつ冨永くんは立っていた――五十埜さんの証言どおりの姿で。

八つぁんを頭に載せ、胸に手書きの看板を提げていた。

『玉阪人形堂謹製、蛸の縫いぐるみ、買ってください。八つぁんといいます』

足許には段ボールの箱。このために持ち出したのか。

道行く人々は見て見ぬふりだ。多くが失笑しているが、立ち止まる人も彼に話しかける人もいない。

しかし私の足が竦《すく》んでしまったのは、その彼のさまが恥ずかしかったからではない。あまりに神々《こうごう》しかったからだ。

束の間、往来が途切れて、彼の頭がすこし揺らいだ。私の存在に気付いたものだ。しかしすぐまた、直立不動の姿勢に戻った。

歩み寄った。「お疲れさま」

彼はこちらに視線を向けることなく、「大明神に納めるぶんは、別に縫うから」

「冨永くん——販売、お疲れさま」

「二つ売れた。一週間、朝から晩まで立ち続けて、二つしか売れなかった。でもどっちも、大切にしてくれそうな人だった」

「凄いね」

「携帯のストラップになるサイズなら買ってもいいって人が、何人かいた」

「応じるの?」

「いずれ挑戦する。烏賊《いか》なら買ってやるっていうお爺さんもいた。若いころ烏賊釣り船に乗ってたんだって」

「素敵」

私はとっくに泣いていたが、冨永くんはたえて涙をこぼさなかった。奥歯を食いしばったまま、小声でこう続けた。

「最初からお客さんに訊けばよかった」

†

新宿の路上で半ダースの八つぁんを売りきったあと、冨永くんは小豆島《しょうどしま》へと旅立っていった――人形堂を辞めるわけではない、必ず帰ってくる、と私と師村さんに固く誓ったうえで。

旅のお伴は、私が早起きをして焼いた紙袋いっぱいのピロシキと、邑井次郎作のマネキン人形。

「一緒に食べよう」

と冨永くんが云い、新幹線の待ち時間に三人でピロシキを齧《かじ》った。傍らにマネキンを立たせているので、遠目には四人に見える。

人形はいちおう着衣である。裸のままでは思わぬトラブルが生じかねないため、冨永くんが晒木綿《さらしもめん》を纏《まと》わせ、そこここを縫ってチュニックに仕立てたのだ。

「これ、美味しいの」と彼は師村さんに訊いていた。

師村さんは大きく頷き、「私には『懐かしい』が先に立ってしまいますが、それを抜きにしても、とても美味しいですよ、お世辞抜きで」

「これも『美味しい』――『美味しい』でいいのか」

とっくの昔に悟っていて当然だったことに、そのとき私はようやっと気付いたのだ。

冨永くんは味覚も――。

「冨永くんが人形堂に帰ってきたら、毎日でも焼くから」と情感たっぷりに彼に告げた私だが、

「それはさすがに飽きるって」とすげなくされた。

そろそろフェリーの上で、マネキンと一緒に風に吹かれている頃かしら――。

なぜ小豆島？　これも語っておかなくては。

束前さんが考案した修理法を冨永くんに伝えたとき、彼がまず発した言葉は、

「澪さん、素麺《そうめん》は好き？」だった。

「人並に」

「小豆島に、代々製麺所をやってる親戚がいる。ほぼ地中海性気候だから麺を干しやすいんだ。あそこでならたぶん、解体したマネキンを無理なく自然乾燥できる。そうしな

がら、いろんな合成樹脂を取り寄せて実験を重ねてみたい。またしばらく姿を消すことになるけど、店として許可してもらえますか」

よって私はこう答えたのである。「店としては、素麵、よろしく」

五　雲を越えて

いつもの冷やかし留学生が去ったかと思うと、今度は思い詰めた風情《ふぜい》の長身の女がカウベルを鳴らして入ってきて、

「ツカマエくん、こちらに顔を出していますか」とミオに尋ねる。

ミオはお得意の、鳩が豆鉄砲を食ったような顔付きで、「カヤマさん」

「今はサトウです。それよりツカマエくんは――」

「最近はお見えになってませんが、なにか」

「ちっとも会ってくれないから、お願いしている人形のことが心配で」

「音信不通なんですか」

「メールは通じるんですけど、面会の要請は、ことごとく読んでいないふりをされます。電話にも出てくれません」

ミオは困り顔で、「難しいところのある人ですから」

「でも、あなたからの電話には出られるんでしょう?」

「滅多にかけませんよ。いつも突風みたいに訪れては、忙しいからとそそくさと帰っていかれるばかりです」

（もう会えそうにないとなると、急に勿体《もったい》なく思えてきたか）とチェシャ猫のなかでいちばん口さがない赤チェシャが笑う。もとより四六時中、笑い顔なのだが。（あんがい子供の頃からツカマエを意識してたんじゃないか？）

（そういう単純な理由じゃないと思う）

私は独り言のつもりだったのだが、耳聡《みみざと》いチェシャどもに聞きつけられ、

（染《し》み縮緬は黙ってろ）

（永久に小首をかしげてろ）

（そんな見窄《みすぼ》らしい帯巻いて、よく高い場所に立ってられるな）

と、いっせいに罵《ののし》りが始まった。

好きで机の上に立っているのではないし、好きでこう生まれてきたのでもない。

知識やボキャブラリーは無論のことながら、遺憾ながら見た目も、作り手や持ち主からあっさりと遺伝してしまうのが私たちだ。よりによってミオという、生き方も手先も不器用な女に木目《きめ》込まれ組み立てられてしまったこの私ときたら、せっかくのおべべはあちこちが多すぎた糊による染みだらけ、ところどころ裏返しだったり柄が逆さまだったりもするし、布同士の境目はことごとく毳立《けばだ》っている。手の長さはちぐはぐで、頭は

変な具合に傾けて固定されてしまったため、いつも頸《くび》が凝《こ》っている。

もっとも同じ原型から生まれた姉妹たちも、似たり寄ったりの目に遭っていることだろう。初心者に勧められやすいキットだから、名人に木目込まれた幸運な個体といったら、問屋のサンプルになった長女くらいではあるまいか。

二階にでも隠しておいてくれればいいものを、こんな私をミオは自戒のためと称して仕事机に飾ってしまった。それでいて始終睨めつけられているのはつらいらしく、自分には背を向けさせてしまったものだから、私は綺羅星のごときほかの人形たちと向き合う憂《う》き目を見ている。

チェシャ猫どもの罵声はやまない。自分たちの言葉で勝手に昂ぶっている。

(助けてよ、ジョンスコ)

と近い高さにいるステンレスのギタリストに呼びかけたが、聞えているのかいないのか、胃の腑がねじれそうなアウトサイドしたメロディを発するばかりだ。

ここばかりは自慢の、切れ長の描き目を遠い壁に向け、そこに吊られて引き取りを待っているマリオネットが、なにか云ってくれないものかと念じる。

顔も手も継《つ》ぎ接《は》ぎのこのチェコ製人形に、私は勝手に共感を覚えている。たんなる失敗作の私とは違って彼は、持ち主の奇抜な希望から修理痕を温存されている。つまり出自はまったく異なるのだが、醜い人形すなわち恥ずかしい人形ではないということを体現してくれているようで、頼もしい。

問題は、どうも日本語が喋れないらしいということだ。私は未《いま》だ、彼の声を聞いたことがない。

（悔しかったら俺たちみたく値段を付けられてみな、その指紋づらによ）

赤チェシャのこのからかいは、私の頭を固定するとき、ミオの指が頰を直接押さえ付けてしまったことに由来する。胡粉《ごふん》塗りの私の顔は、人間の皮脂に弱い。慌てて濡らされ乾かされて、付着した指紋はいったん薄れたが、歳月を経るや黒々と泛《う》びあがること必至である。

チェシャ猫どもの声がさすがに耳障りだったか、

（値段だったら妾《あたし》なんざ、バスケットごとのあんたたち全員よりも上なんだけど？）

と、お藤さんが助け船を出してくれた。黒塗り笠に片肌脱ぎ、肩には藤の枝を乗せた尾山《おやま》人形だ。

昭和の御代から専用の硝子ケースごとショウケースの一角を占めている、筋金入りの箱入りにして売れ残りだが、良好な保存状態に恵まれてきたため今も初々《ういうい》しい。

（婆さんの値段なんて、今はその半額がいいとこだろ。だいいち俺たちだって、あんたみたいに金屛風《きんびょうぶ》を背にすりゃ——）

（なんだい、床の間《とこのま》を飾れるってかい？　おまえなんかじゃ、達磨《だるま》さんの座布団がせい

ぜいさ）

（いまどき床の間なんてどこの家庭にある？　そっちこそ悔しかったら洒落《しゃれ》た猫脚のソファにでも鎮座してみな）

（猫脚の上に猫が乗ったら八本脚だ。八《は》つぁん一家に弟子入りでもするつもりかい？　分をわきまえろって話をしてんだよ。あんたらは尻に敷かれようが踏み付けにされようが元の姿に戻れる。ご立派なこった。でも妾や縮緬ちゃんにも、あんたらが裏返ったってできないことができるのさ。縮緬ちゃんのべべはいつか着替えさせてもらえるし、頭の角度だって挿《す》げ直してもらえる。頰っぺの痣《あざ》だって――ここに飛切り級の腕利き職人がいること、忘れちゃいけないよ。あの娘が絶世の美女になってまたあそこに立ったとき、にゃんにゃん吠え面かくんじゃないよ）

（花の色も抜けた婆あは、同じ嫁《い》き遅れにでも買われて、五寸釘を打たれてやがれ。月から見下ろしてやる）

（そっちこそペットショップにでも買われて、仔犬にはらわたを穿《ほじ》られるといいよ。あんたが捨てられた汚いごみバケツを、せめて花びらで被ってやろう）

この罵り合いを終わらせたのは、なんと長身のお客だった。

「これ、縫ったのはツカマエくんですね」と不意に赤チェシャを摑みあげたのだ。

ミオは驚きを隠さず、「縫ったのが誰かまではわかりませんが、たしかにツカマエさんの会社から仕入れた品です。なんでわかったんですか」

「人形制作を依頼するまえに、彼の作品は見られるかぎりをぜんぶ見ました。いろんな伝《つて》を辿って、なるべく現物を。こちらで扱われていたという、創作人形の第一号も拝見しましたよ」

「さるコレクターの紹介で、あれはたしか——」

「伊豆《いず》の人形美術館にありました。彼の作品って独特の癖があるんですよね。あえて自分を抑え込んで、鑑《み》る者の肩を透かしてしまうような。ラヴドールという特殊な人形を扱ってきたせいかしら」彼女は赤チェシャをミオに手渡し、「とりあえずこの赤いの、いただきますね。私、趣味に関しても男性に関しても飽きっぽいから、すぐに誰かにあげちゃうと思いますすけど」

（えええええっ⁉）

赤チェシャの悲鳴を、ほかのチェシャ猫たちが嘲笑う。兄弟同士、お互いの毒舌に辟《へき》易《えき》してきたのだろう。

（良くて物置か押入れに直行だな）

（黴《かび》臭くない場所であるのを祈るぜ）

（いっそ道々捨ててもらえよ。誰かがここに戻してくれるかもしれないから）

「ツカマエくんがここに顔を出したら、必ず私に電話するように云ってください」

ミオは赤チェシャを袋詰めにしながら、「お伝えします。素直に従ってくださるとは限りませんが。ところでカヤマさん」

「今はサトウです」

「失礼しました。サトウさん、これは私の勝手な想像なんですが、サトウさんは人形作家としてのツカマエさんを、プロデュースしようとなさっているんじゃないですか？　まずこのたびは、彼自身では思いもつかないであろう、自画像的な人形を制作させてみようと――」

お客は肯定も否定もせず、頬をゆるめる一方で、小さな唇をきゅっと窄《すぼ》めた。赤チェシャの代金を払い、店を出ていく寸前にこう云い残した。「私、才能のある男性が好きなんです」


今日も留学生が店に来て、ショウケースを熱心に覗きこんでいる。

南米人と思《おぼ》しい、健康的な体軀にくっきりした目鼻立ちの若い女性だが、留学生というのはじつは私の想像である――初めて店を訪れたとき、ミオに「見て、いい？」と訊いた口調が、日本語ネイティヴとは思えなかったこと、風体が質素で化粧っ気もなく、どっさりと本が入っているに違いない、四角く膨れたデイパックをいつも背負っていることなどからの。

（やっぱりお藤さんを見てる）

（そんなこたないよ。隣のフランスさんだろ）

姐さんがまた私の見解を否定する。彼女の隣には同じく硝子ケースに入った、大ぶりなフランス人形が鎮座していて、こちらはなんと姐さんよりも古株なのだ。

たぶん、この店が抱えている職人シムラと同い年くらいだろう。

縦巻きの金髪、ジョーゼット張りの肌に、青い描き目。芯は発泡スチロールや針金に巻いた綿だと、同じく店の職人であるトミナガが語っていたとか。

じつのところ、彼女はとうに売れてしまっている。買ったのは他ならぬトミナガだ。わざわざ自宅に連れ帰る意味がないとして、代金を払われたまま未だショウケースに温存されている次第だが、私にはそれがすこし不憫《ふびん》である。

今は珍品扱いされ、蒐集に血眼《ちまなこ》になる人がいるほどの人形ながら、元はといえば流れ作業の量産品。すなわち職人に丹精された懐かしくも輝かしい記憶が、彼女にはほとんどない。

となれば、持ち主の生活の場に置かれ、見つめられ、ときには撫でられ、たとえ無言のうちであれ賛美されないことには、人形らしさは得られないのではあるまいか。

買われてしまったがゆえミオもシムラも遠慮がち、そのうえトミナガも買ったこと自体に満足してとくだん眺《なが》めも愛《め》でもせず、今では店に姿も現さない。これがフランスさんの置かれている境遇だ。

見窄《みすぼ》らしさには自信のあるこの私だって、一応はミオから虐待じゃなかった丹精されたわけで、お蔭でこうしてお藤さんやチェシャ猫どもを少しは理解し、心を交わすことができる。お藤さんとだけならもっと良かったが。

フランスさんはその呼び名とは裏腹に純粋な日本の人形だから、日本語がわからないわけではないはずだ。しかしこちらの声も、私は一度として聞いたことはない。

（私にはたまに話しかけてくるんだけどね）とお藤さんは云う。（声が小さいから縮緬ちゃんのところまでは届かないんだろう）

（フランスさんとはどんな話をするんですか）

（おおむね体型の悩みだね）

（ふたりともスリムじゃないですか、木目込みの私なんて、凸面《とつ》だけで構成されてるっていうのに）

（顔の絵付けをやってくれた美大生のことだけはよく憶えていて、その人の頭のなかがルノワールでいっぱいだったとか。だったらなんで自分も、そんなふうにふくよかに造形してもらえなかったんだろうって）

（贅沢！）

「この人形」と留学生が久々に声を発した。紛《まぎ》れもなくお藤さんを指差している。

（とうとうご指名ですよ）

（莫迦な。そんなのありえないってば）

「これ、古い？」

「その藤娘ですか。古いといえば、けっこう古いですね」とミオが応じる。

「ディスカウントできますか」

「ええと——ちょっと待ってください」

ミオはシムラが籠もっている工房へと駆け込み、やがて彼を伴って出てきた。

「当時の帳簿は残っていないんですか」

「発掘すれば出てくると思いますけど、何十年もまえの仕入れ値が参考になるとは——」

「そうですね。もはや新品とは云えませんから、新古品として値を付けなおすしかないかもしれませんな」

「私には無理です。シムラさん、鑑定して」

ミオは私をジョンスコの隣に移動させ、私の居た場所にお藤さんの硝子ケースを置いた。シムラはまずケース越しに、そのあとケースを外して、さまざまな角度から彼女を精査した。

（ああ、久し振りに外の空気を吸った）

「こうじっくりと眺めるのは初めてですが、さすが時代が時代、手が込んでいます」

「半額くらい?」

「破格すぎます。この時代はお道具からして、人間用をそのまま縮めた物です。つまみ簪《かんざし》にしろ塗笠にしろ、日舞の道具職人が拵《こしら》えていました。いまこのクラスの品を仕立てるとなると、価格が一桁上がります」

「そんなに凄い物だったの」

「本来、人形というのはほとんどが贅沢品なんです。ぎりぎり、この時代までは」

(ほうら猫ども、あんたたちとは二桁違いだってさ)

「しかし着物や藤の花が僅かながら褪色《たいしょく》していますし、昔の値札がそのままぶら下がってもいます。当時との金銭価値の差がこちらのお勉強の幅ということで、値札そのまま、が妥当かと」

留学生は鑑定に耳を澄ませていた。意味は通じているらしい。「ディスカウント、駄目?」

「すみません。これでもじゅうぶんお安いんだそうです。なんでしたら、もっとお手頃な品もご用意できますけど?」

留学生はかぶりを振って、「これがいいです。もうすぐ勉強終わって、サンパウロ帰ります。お祖母《ばあ》さん、日系人。藤娘、踊った」

「若い頃？」

「去年」

ミオは満面の笑みをたたえて、「そのお祖母さんへのお土産なんですね」

誇らしげに頷く留学生に、シムラが、

「最近の物なら、同じ藤娘でもよりお安い品がありましょう。お道具の拵えは劣りますが、素人にはまず見分けがつきません。それでもこちらを？」

「これがいい。これ、好き」

（サッポロだってえええ⁉）お藤さんが悲鳴をあげる。

（じゃなくてブラジルのサンパウロかと）と私は教えた。

（やだよ、そんな寒そうなとこ）

（寒くはないかと）

（そんな辺鄙《へんぴ》な土地にシムラみたいな職人はいないだろ？　もし毀《こわ》れちゃったらどうすんのさ）

（日系人は多いようだから、あんがい昔のままの技術を継承している人がいるかも）

（厭《いや》だよ。やだやだ。妾は絶対にサッポロになんか行かない）

（お藤姐さん）とそこで彼女に呼びかけたのは、壁に吊されたチェコだった。

（わ、喋った）私とお藤さんが声を合わせる。（日本語、喋れたんだ）

（ええ、チェコ生まれとはいえ持ち主が能弁な小説家ですから、それなりに）

私は拗《す》ねて、（なんで今まで黙りこくってたの。ずっとお話ししたかったのに。しかも想像していたキャラクターと違うし）

（皆さんと違って私は、遠からずここを去ることが確定しています。あまり皆さんと心を通わせてしまうと、ここに戻ってきたいがあまり自暴自棄になってしまいかねませんからね。ところでお藤姐さん、私も海を渡って――というより雲を越えて、この地にやって来たのです。地震に見舞われ満身創痍《まんしんそうい》となってしまったときは、なぜこのような地に連行したかと持ち主を恨みもしました。しかし今、私は自分の運命にも継ぎ接ぎの顔にも、それなりに満足しています。過酷な経験が、私を世界でたった一体の、特別な人形にしてくれたんですから）

（妾にもそうなれって？　妾ゃ平凡な藤娘で充分さ）

（奇抜な出立ちが藤娘の特徴ですから、それでいて平凡というのは虫が好すぎる。雲を越えられる幸運な人形は数少ないのですよ）

（――サッポロまでは飛行機しかないのかね。せめて汽車で行けないのかね）

（札幌ではなくサンパウロですから、まず飛行機でしょう。運が良ければ持ち主の膝に乗せられ、一緒に雲を、下からではなく上から眺めることができますよ）

（そんな真似して、お月様にぶつかったりしないのかね）

（チェシャ猫くんたちが自己投影しているような、絵のなかの月や芝居の月より、遙か上空での話です）

（妾ゃ、怖いよ。そんなの怖いよ）

お藤さんは婀娜《あだ》な見返り姿のまま、さめざめと泣きはじめた。


ゴインキョがカウベルを鳴らす。こちらは正真正銘の冷やかしである。

「なんだい、熊さんも八つぁんもおトミさんも居ないじゃねえか」

「トミナガくんは長期出張中です、ハナサキさんとこの美女と一緒に」

「あの婆さんと？　ふうん、俺に惚れてるとばかり思っていたが、そんなに若いのが好みだったか」

「いえ、もうすこしだけ若い美女とです。そこのフランス人形くらいには」

「あの店にあんな派手な娘がいたっけか？　それより藤娘がいない」

「よく観察してらっしゃるんですね。たしかに長年、藤娘を置いていました。とうとう売れたんです」

「そうか、お藤さんもとうとうお嫁に行っちゃったか。小股が切れ上がった、ありゃいい女だったなあ」

「あのう、ゴインキョがそういう科白《せりふ》を口になさるとですね――」

「セクシーだろ？」

「それはもう」

（赤チェシャの次が私だなんて、一寸先は闇だねえ）とお藤さんは最後まで涙声だった。

（フランスさん、そして縮緬ちゃん、きっと最後の最後まで居残るのがあんたたちだ。妾から云うのは口幅《くちはば》ったいが、この店のこと、頼んだよ）

（素敵な旅を！）とチェコが晴れ晴れしく叫び、

（どうせその辺で持ち主に転ばれて毀《こわ》れて、すぐさまここに舞い戻ってくるさ）と赤チェシャに負けず劣らず口の悪い黄チェシャが、独り笑いを続けていた。（どうせ戻ってくるさ）

ジョンスコは珍しくアウトサイドせず、でもちょっとぎくしゃくと、ミオでさえ知っている曲を奏でた。ミオが知っている以上、私もそれを知っている。チャップリンが作った《スマイル》だ。

空に雲あらば
怖れあらば　哀しみあらば
どうか笑顔で
たぶん明日は　あなたへと陽が差す

「これはさすがに売りもんじゃないな」とゴインキョが唐突に私を覗きこむ。「この衣装、ミオさんが着せたんだろ?」

「やっぱりわかります? わかりますよね。もちろん売り物なんかじゃありません」

「いくらなんでも、努力の跡が見えすぎだ。俺は人形には素人だが、豆腐にしてもガンモにしても、努力の跡が見えちゃ商品にならないってくらいはわかってる」

「売ろうなんておこがましいことは考えてません。ただ人形を扱っている以上、それを作る苦労の一端にくらいは、触れておきたいと思って」

「殊勝な心構えだ」

「もっと訓練を積んだら、すこしはましな感じに着せ替えてあげようかと。いま木目込んである布は、洗って大切に保管して、また別のことに使おうかとも。頭の傾きも、きっとそのとき直します」

「そこは直さなくていいんじゃないの」とゴインキョが余計なことを云いだした。「人形は作り手に似るっていうけれど、俺がこれをすぐさまミオさんの作だと思ったのは、そこがミオさんそっくりだからなんだ。だってあんた、しょっちゅう小首をかしげている」

「そう?」

とまさに小首をかしげつつ、ミオは満更《まんざら》でもない表情で私を見つめはじめた。
私の首は、永久にこのままかもしれない。

六　戯曲　まさかの人形館

時　平成のいつやら

所　小豆島《しようどしま》　土庄町《とのしようちよう》

候　盛夏

人　館長……自若とした女声（声のみの出演）
束前《つかまえ》……度の強い眼鏡を掛けた男性
冨永《とみなが》……美しい顔をした若い男性
ねんね……メイド服姿の女の子

古民家を改装した私立博物館「土渕《どふち》海峡　真坂野《まさかの》人形館」内の一角。

舞台上には一本脚のバー・テーブルと、それを囲むように不揃いな椅子が数脚。しも手より、浮かない顔つきの束前、冨永、重い足取りで登場。それぞれ肩に、リュックサックとトートバッグを掛けている。

束前　ここに入るまでは、しばらくこっちに逗留してもいいような気がしてたんだが、今やすっかり東京が恋しくなっちまった。

冨永　驚いたな、束前さんとこうも気が合う日が訪れるだなんて。

束前　こんな気分、むかし広島の悪所場《あくしょば》で身ぐるみ剝がされて以来だ。

冨永　それ実話？

束前　恥ずかしながら。

冨永　どんなやばい所《とこ》に足を踏み入れたのさ。

束前　やばい所というよりやばい女だな。美の探求はときに大きな危険を伴う。

冨永、呆れ顔で肩を竦《すく》める。

館長　（姿は現さず、声のみにて）どうぞ、そのまま前へお進みください。そしてお好きな席にお掛けくださいませ。本日は土渕海峡　真坂野人形館にご来場いただ

束前　きまして、まことにありがとうございます。改めまして深く御礼申し上げます。さて、当館が世界に誇る人形尽くしの見学コースも、いよいよ最終コーナーのご案内と相成《あいな》りましてございます。

冨永　（手近な椅子に腰を下ろし、リュックを床に置いて）やっと出口の手前か。感無量だ。

束前　（隣の椅子に腰を下ろし、トートバッグを床に置いて）最初の人形供養みたいな展示を目にして以来、ずっとこの瞬間を待ち望んできたような気がする。

館長　次のマネキン・レンタル会社の倉庫を彷彿させる展示も、若いころアルバイトで嘗《な》めた辛酸《しんさん》が甦ってくるようで——。

束前　ご満足いただけましたこと？

館長　（天井を見回しながら）すっかり満腹ですよ。

なによりでございます。しかしながらこの最終コーナーこそ、真坂野人形館の精髄、ここまでの展示全てを合わせたよりも、遥かに見応えがございますかと。なにしろこれからご紹介いたしますのは、当館が誇るコレクションの中核、日本最古の人形、最大の人形、そして最小の人形。さらには取りを、とうていこの世のものとは思われぬ、奇蹟のからくり人形が飾りましてございます。どうぞご期待くださいませ。

東前　大変だ。生きて出られるかな。

冨永　最古に最大に最小に奇蹟ね――ここの看板、上手い具合に隠してくれてた蔓草《つるくさ》を引き剝がしてまで読んだの、誰だったっけ？

東前　（かぶりを振って）思い出せない。まるで何十年も昔の話みたいだ。でもこうはしゃいでいた誰かさんのことなら、かろうじて憶えている。（冨永の声音を真似て）「うわあ、この島で暮らしはじめて三ケ月になるけど、こんな施設があったなんて気付きもしなかった」

冨永　誰だろう？　外に出たら、ほんとに何十年も経ってたりして。

東前　大いにありうる。

館長　東西《とうざい》、最前サイコと申し上げましたけれども、勿論のこと名匠アルフレッド・ヒチコックの映画のお話ではございません。最も古いと書き重ねまして音読みにてサイコ、世に人形と呼び習わされし玩具無数にあれど、今よりここに披露いたします一体のごとく、気も遠のかんばかりの長い歴史が刻み込まれし逸品は、ほかにいっさい確認されておりません。沖縄は那覇《なは》にてそれを入手し、慎重に慎重をきわめた鑑定の末、これぞ日本最古の人形と結論しました人物こそ、他ならぬドーロロジィの権威にして当館の初代館長、真坂野藤十郎《とうじゅうろう》というわけなのでございます。

東前　自分のコレクションを自分で最古認定して見世物にするとはまた、絵に描いたようなマッチポンプだな。
冨永　dollogy――人形学――東前さん、聞いたことある?
東前　いや、初耳だ。
館長　それではご覧いただきましょう。ねんね、お客さまにご披露して。
かみ手より、金色《こんじき》の繻子《サテン》を被せられた細長い物体を抱え、ねんね登場。物体がバー・テーブルに置かれると、繻子はそれを支柱に、テントのように裾を広げる。ねんね、観客のほうを向いて莞爾《かんじ》とする。
ドラムロール――シンバル!　ねんね、勢い良く繻子を引く。
東前　(腰を浮かせ、眼鏡を鼻から持ち上げて)なんだ、観音《かんのん》さまの置物?　聖母像にも見える。
館長　まさにまりあと呼んでおります。優雅でございましょう。
冨永　(落ち着き払って)姿石《すがたいし》だ。うちにも似たようなのがある。
東前　(振り返って)石?
冨永　うん、水石《すいせき》の一種。要するにね、観賞用に売買されている珍しい石ですよ。

館長　いえいえ、人形でございますよ。
冨永　ということは人工物なんですか？
館長　いいえ、造形は一切、自然の為せる業であろうというのが、石にも詳しい藤十郎の所見です。ただしこちら、なにを隠そう今を遡《さかのぼ》ること約三万二千年前の那覇に生きておりました、日本で発見されているうち最古の化石人類、山下洞人《やましたどうじん》の骨が出土したまさにその洞穴で見つかった石なんでございます。
冨永　いま石って云った。形を珍重されている天然石。まさに水石じゃん。
館長　お言葉ですがお客さま、太古の人類とはいえ人の子、こんなにも愛らしい形をした石を住処に置きながら、お人形遊びに用いなかったというのは、いささか無理のあるご想像じゃございませんこと？　ねんね、実演。
ねんね　（まりあを捧げ持ち、顔のように見える箇所を冨永へと向け、ちょこんとお辞儀をさせたあと、腹話術の調子で）こんにちは、未来のお友達。
館長　まあまあ可愛らしいこと。たとえ自然が育んだ造形であれ、このようにしてお人形遊びに使われていたのなら、それは人形としか申し上げようがないんでございます。
冨永　そういう屁理屈ね。じゃあその辺に落ちてる石ころで僕が人形遊びをしたら、その石ころは人形？

館長　おほほほほ、お客さまは石ころでお人形遊びをなさるんですか。
冨永　（憤然と）あのさ――。
束前　坊や、やめとけ。時間の無駄だ。館長さん、さっさと次の出し物を頼む。
館長　畏《かしこ》まりました、ご披露いたしましょう。出《いで》よ、日本最大の人形たまよ！

ねんね、まりあを抱いたまま袖に引っ込む。
ドラムロール――シンバル！
舞台中央で引割幕《ひきわり》が左右に分かれると、赤銅色に輝く、乗用車ほどもある人間の足の模型（書割でも可）が現れ、束前、冨永、驚きの声をあげる。

館長　たまよの左足でございます。
束前　右は？
館長　偶数月にご紹介しております。奇数月は左足になります。コーナーの広さの都合上、両足は並べられないのでございます。
冨永　足首より上は？
館長　正式な展示場所が確保でき次第、発注する予定となっております。それも定まらないうちにパーツが集まりましても、保管に困るばかりでございますから。

東前　ほかに出来上がってるパーツはないの？　たとえば顔とか。

館長　ございません。しかし完成しました暁《あかつき》には、間違いなく日本最大の人形と相成りましてございます。なにせ自由の女神ことリバティ・エンライトニング・ザ・ワールドと同等の大きさに設計されておりますから、

冨永　ドーロロジィに於ける人形の定義を知りたくなってきたな。人形というより巨像だよね？　自由の女神も、このたまよも。

館長　どちらも銅で出来た人形でございますね。ねんね、遊んでご覧にいれて。

ねんね、再登場。

ねんね　（たまよの足の前に立ち、声を低めて）私、たまよ。海の向こうの自由の女神さん、How are you？

館長　（同じく低めた声で）Fine, thank you.

冨永　え——ちょっと待って、自由の女神と同等ってことは、茨城県の牛久《うしく》大仏より遙かに小さいんじゃないの？　日本一でもなんでもない。

館長　いえいえ、あちらは大仏でございますから。

冨永　あ、大仏は人形じゃないんだ。

館長　当り前でございます。
束前　ふたりに頼みがある。まず坊や。
冨永　その呼び方、心地好くないんだけど。
束前　冨永くんにお願いがある。ちょっとやそっとの疑問は、ひとまず呑み込んでおいてくれないか。いま質問したって、どうせまともな答は返ってきやしない。忘れずにさえいれば、いつか勝手に解決する日が来るさ。館長さんにもリクエストしたい。大変に申し訳ないんだが、以後は口上を省略して見学の終了を早めてくれ。俺はとても忙しい——忙しかったことを思い出した。
館長　畏まりました。

引割幕、閉じる。ねんね、舞台袖に消える。

束前　次は日本最小だっけ？　ねんねさん、さっさと持ってきてくれ。
館長　人形の入れ替えは完了しております。ねんね、お客さまにオペラグラスを。

小ぶりな双眼鏡が二つ載った盆を捧げて、ねんね、再々登場。
束前と冨永に配って、また袖へと引っ込む。

館長　東西、テーブルの上にご注目。

東前　（眼鏡を外して胸ポケットに挿《さ》し、双眼鏡の見え具合を調整しながら）ど近眼にはこれ、面倒なんだよ。まさか、なにも見えないじゃないかと文句を云ったら、人形があまりにも小さいのでございます、なんて落ちじゃないだろうな。

ドラムロール始まらず、館長も無言のまま、十数秒。

冨永　図星だったみたい。

東前　（立ち上がって）出よう。（かみ手を指し）出口はあっち？

館長　日本最小の人形、お楽しみいただけましたでしょうか。

東前　いくらなんでもお客を莫迦にしすぎじゃないか？

館長　恐れ入ります。東西東西《とざいとうざい》、いよいよ最後の――おっと、口上は抜きのお約束でございました。ねんね、べべをお持ちして。

東前　いや、もうほんとにいいから。

館長　この奇蹟も、ぜひオペラグラスを通してご確認くださいませ。

自身を縮小したような、メイド服姿のファッション人形を捧げ持って、ねんね、四度めの登場。テーブルに立たせた人形の背後で、同じポーズをとって不動となる。溜息をついて着席した束前、そして冨永、共に気が進まない態度で、双眼鏡を構えてテーブルに向ける。

ねんね　（早口で）私の名はべべ。

束前　（双眼鏡を顔から離して）ん？　レンズ越しに見えたのはどっちだ。

冨永　（双眼鏡を眺めまわしながら）こっちになにか仕掛けが？

束前、眼鏡を掛けてテーブルのほうを見つめるも、ねんね、微動だにせず。束前、眼鏡を外してまた双眼鏡を覗く。冨永も覗く。

ねんね　ここの館長は極悪人。悪事の片棒を担ぐのはもう懲《こ》り懲《ご》り。おにいさんたち、どうか私をここから救い出して。

束前と冨永、双眼鏡を離した顔を見合わせる。

館長　（笑いを含んだ声で）こらこらべべ、なんていうことを云いだすの。
東前と冨永、次に起きることを待つも、十秒余り、なにも起こらず。
また双眼鏡を顔に当てる。

ねんね　（ずっと喋り続けていたような調子で）藤十郎はただのお人好しの資産家。石には詳しいけれど人形のことはなんにもわかってやしない。人形好きの性悪女に騙されて、あっちのビスク、こっちのマリオネットと毎日何体も買わされ、広い屋敷がたちまち人形で溢れ返って、足の踏み場も見当たらぬ有様。そんな環境で四方八方から二十四時間、無数のまなざしを浴びているのに耐えかねて、ついには自宅に寄り付かなくなり、ふうらりふらふら放浪三昧、今ごろどこでどうしているやら。藤十郎が買い集めたどの人形よりも価値があるのが、皮肉なことにオリーヴ林に落ちているのを拾われた私。みずからの意思によって喋る無二の人形。べべという名も私が教えたの。私まで藤十郎からせしめた館長は、この世の全てを手に入れたみたいに有頂天だったけど、悪いことはできないもの、彼女もいつしか屋敷に詰め込まれた人形たちに毒されていた。

館長　（ものものしく）もうおやめ。いい加減におし。

ねんね　藤十郎とは逆さまの人形中毒で、人形に埋め尽くされた空間でなければ息苦しくて堪らない。人形部屋から人形部屋へと移り歩くことしかできない哀れな人生。せめて住処を見世物に、客を呼び込んで淋しさを紛らわすことを思いつき、掲げた看板が真坂野人形館。その最終コーナーに出口は二つ。一つは館長の食指が動かない客が案内される、外界へのドア、もう一つは帰したくない美しい客が案内される――。

館長　おやめ！

暗転。

やがて明るくなった舞台にねんねの姿は無いが、べべはまだテーブルの上。立って双眼鏡を見下ろし、しきりに首をかしげている束前。

椅子の上で茫然自失している冨永。

館長　いかがでございましたでしょうか、奇跡のからくり人形べべは。

束前　ん――からくり人形だとはまったく思わないが、面白い出し物ではあったな、やっと、初めて。

館長　恐れ入ります。オペラグラスは椅子の上に置いてお帰りください。

束前　（かみ手を指して）あっち？
館長　まっすぐ進まれたところのドアの向こうが、お外です。ドアは一つしかございません。
束前　（リュックサックを担ぎながら）二つあったとしても、俺が案内されるのは外へのドアだろうよ。

束前、大股にて袖に消える。
我に返った冨永も立ち上がり、双眼鏡を椅子に置き、トートバッグを肩に掛ける。
しかし出口に向かおうとはせず、テーブルのべべに吸い寄せられていく。

館長　どうぞ、お持ちください。
冨永　（上を見て）え？
館長　その人形がお気に召しましたなら、どうぞ記念にお持ちください。なんの価値もないオリーヴ林の拾い物ですけれど。

冨永、ためらいののち、盗み取るようにべべを摑み、足早に袖へと去る。

冨永　（声のみにて）あっ。

羽ばたきの音。続いて遠く、鵯《ひよどり》の地鳴き。

ふぁーふぃーびっ、ふぃん、ふぃん、ふぃん、ふぃん――。

――幕――

跋（文春文庫『たまさか人形堂それから』版）

〈たまさか人形堂〉の二冊めをお贈りしました。

「Ｂｅｔｈ」誌での連載を母体としていた前作『物語』とは異なり、こちらは「別冊文藝春秋」での短期連載が半分以上を占めます。全四回にて一冊ぶんという要請ゆえ、一話あたり原稿用紙換算七、八十枚との目算で書きはじめたのですが、雑誌の都合によって急遽掲載は三回となり、予定していた「ピロシキ日和」は単行本に向けての書き下ろしとなりました。最後にエピローグ代わりの掌篇を加える構成は、当初からの予定どおりです。

文章を削り込む癖があり、短篇ならば二十枚以内、ときには数枚で仕上げることが多い僕にとって、多くの作家が得意となさっている一篇七、八十枚という枠組みでの執筆は挑戦であり、普段とは異なる方策を練る必要がありました。思い付いたのは、各篇の独立性を重視しない、複数の物語が絡み合ったまま次の篇へと繋がり、長篇のような読後感を残す拵《こしら》えです。

それでいて個々の篇には独自の色彩が必要ですし、一、二篇しかお読みにならない方のため、さり気なく設定や前後の出来事を示す必要もあるという、なかなか難儀な執筆でした。他方、こういった執筆方法は、「あ、あのエピソードの続きがまた」といった驚きと微笑を読者に与えることができます。試みが上手く運んだかどうかは別にして、この方法論には追究の余地があると感じています。

二〇一四年、大々的な四谷《よつや》シモン展が横浜《よこはま》と西宮《にしのみや》で催され、氏とのトークショウの相方に抜擢されるという栄誉に与りました。全国各地から集められて美術館を埋め尽くしたシモン人形たちの佇まいは圧巻で、ダメージを避けるための暗い照明のなか、彼らに魅入られてしまい足が動かなくなっている人々をあまた目撃致しました。

ところが四谷氏はトークで飄々《ひょうひょう》と「僕の人形なんかね、誰にでも創れるんだ」と仰有《おっしゃ》る。当然にして会場はざわめきます。彼は続けます。「それでもこつこつとやっていたら、ひょっとして一生に一体でも――いや、無理かな」

僕が〈たまさか〉で描きたいのは、そういう謙虚にして不屈の魂です。人形とは何か？　そんな無垢《むく》な問掛けを自分に対して重ねることのできる、豊かさです。

この二〇一五年春に急逝した画家、金子《かねこ》國義《くによし》氏と四谷氏の長年の交流が有名なだけに、僕と双方とのお付合いも連動して生じたものと誤解されがちですが、じつはまったく別別に出会っています。忘れもしない一九九七年夏、初めての怪奇小説『妖都』に装訂を賜りたいとして大森《おおもり》のご自宅へと伺ったのが、金子画伯との出会い。以後、息子のように可愛がっていただきました。

四谷氏との出会いはその六年後、郷里広島でのことです。都心部の楽器店に、僕はたしかギターの絃を買いに行ったのです。自転車の距離です。買い物を終えた僕は、すぐ近くのビルの前に、エコール・ド・シモン（四谷シモン人形学校）展のポスターが飾られているのを見出します。すべてのフロアで人形や玩具が売られているという珍しいビルであり、僕にとってはいささか愛着のある場です。

では後学のために覗いておくかと階段を上り、生徒諸氏の可愛らしい作品を眺めていたのです。やがて会場内で「津原先生！　津原先生はいらっしゃいますか!?」という複数の声があがりました。なにが起きたかと立ち竦むうち、声はどんどん近づいてきました。ある意味で自業自得、シモン人形が印刷された美麗な案内葉書を以後も欲しいと感じた僕は、芳名帳に住所氏名を記していました。それを読者が発見したのです。

会場はちょっとした騒ぎになり、聞きつけた四谷氏が奥の間から登場。ご本人も来広なさっているとは思ってなかったので驚きました。「なにが起きたの？　あなた有名なの？」「いいえ……いいえ」

それが出会い。ひっそりと隠遁《いんとん》していたつもりが、人形という磁場に引き寄せられたがばっかりに、大勢に仕事はばれる顔もばれるで、東京に居るより賑やかな日々へと放り込まれてしまいました。街をほっつき歩いていても、高確率で「あら先生」と相成る。僕も含めて美術や文学や舞台に耽溺している人々ですから、地方都市に於いて足を向ける場は限定されるのです。

金子画伯の死は本当に突然でした。彼の複数の本を監修中、書店でのトークショウも予定されていた僕は、今にしてまるで冷静ではなかったと感じます。「こういう時は焦っちゃ駄目。ゆっくり、ゆっくりとね、津原さん」と、四谷氏はみずからの悲しみを怺《こら》えつつ僕に仰有《おつしや》いました。

葬儀のため共に駆けまわった一人に、愛弟子たる井上文太《いのうえぶんた》氏がおられます。三谷幸喜《みたにこうき》氏と組んでの人形劇『新・三銃士』や『シャーロックホームズ』でのパペット制作で、一躍、その分野でも日本を代表する存在となられました。ここにもまた人形との御縁。去る八月、白金台《しろがねだい》は八芳園《はっぽうえん》での合同展示は見事なものでした。「供養になりましたでしょうか」と井上氏は僕に問われました。僕は黙って頷くほかありませんでした。

井上氏の展示室にはロックが流れていました。どこもかしこも先生を踏襲すべきではないという考えからとのことでした。他方、金子画伯のアトリエを再現した空間にはフレッド・アステアの唄が流れ、彼が生前愛した古い縫いぐるみたちが、あるじが画室から下りてくるのを待ち続けていました。

解説

倉数《くらかず》　茂《しげる》

　世田谷の街の何処《どこ》かに若い女性の経営する古い人形屋がある。人形屋と言っても修復が主な業務で、技術は確かだが、少し奇矯なところのある二人の職人が腕を振るっている。店の名前は玉坂《たまさか》人形堂。そこに傷ついた人形とともに持ち込まれる、不可思議だったり不気味だったりする出来事を綴《つづ》った〈たまさか人形堂〉シリーズの二作目が本書である。

　ところで読者の目に津原泰水という作家はどのように映っているのだろう。まだ〝津原歴〟の浅い読者なら、新しい作品に手を伸ばすたびにその華麗な変身ぶり、芸風の多彩さに面食らい感動するに違いない。なにしろ遍歴してきたジャンルをざっと見渡すだけで、稠密《ちゆうみつ》な文体で塗りこめられた耽美小説、軽快なコージーミステリ、哀切な恋愛小説、実験的なSF、文学史に題材をとったポストモダン小説、ゾッとするような怪奇幻想譚、生き生きとした青春小説、さらにキャリアの原点にある少女小説など、とても一人の人間が書き分けられるとは思えないくらいの豊かさなのだ。長年のファンだって、一作ごとに趣向を凝らした新たな世界を取り出してみせる魔術師ぶりには毎回感嘆させられているはずだ。

ところが――これまた長年のファンであればよく知っていることなのだが――一方でほとんど不器用に感じられるほど一貫したモチーフにこだわり続けるのも津原泰水の特徴なのである。具体的に言うならば、実はその作品のほとんどが、何か美しく精妙なものを生み出そうとする人間の喜びと苦しみを描いた芸術家小説、あるいは芸道小説なのだ。美しいものとは楽器であったり、演奏そのものであったり、小説だったり絵画だったりする。もちろん人形もその一つだ。

表面上は多彩に見える津原の作品には、人はなぜものを作るのか、作るとはどういうことなのか、という問いが常に流れている。美しいものに憧れ、ものづくりに取り憑《つ》かれてしまった人間がいつも登場する。このシリーズがまさにそうなのは言うまでもない。津原作品における作り手は、華やかなスポットライトや多大な金銭的報酬とは無縁の存在だ。むしろ日の当たらないところで地道で集中力を要する作業に没頭する。その意味でオリジナリティに執心する芸術家《アーティスト》よりも、とことん細部にこだわり、作品から自分の個性が消えるのをよしとする職人《アルティザン》に近いかもしれない。本作では、人形堂の若き職人・冨永《とみなが》くんが創作の壁にぶつかり苦悩する。彼がどのようにその壁を乗り越えるかが読みどころの一つだ。

それにしても、超絶的な技術を持つが寡黙で控えめな師村《しむら》さん、才気煥発で芸術家肌の冨永くんと澪《みお》のトリオは絶妙である。三人のスピーディーでアイロニカルなやりとりにもつい笑ってしまう。〈幽明志怪〉シリーズの伯爵と「おれ」のコンビにも匹敵する最高の組み合わせではないだろうか。さらに狷介《けんかい》だがなかなかに愛らしい人形師の束前《つかまえ》さんにもニヤリとさせられる。

滅多に内心を明かさない師村さん、意地の悪いところのある冨永くんを一つの店に繋ぎ止めていられるのは、他人の気持ちを慮《おもんぱか》る繊細さと思いがけない大胆さを兼ね備えた澪だからこそだろう。優れた才を持ちながら居場所のなかった二人に、澪は気兼《きが》ねや制約なしに創造の才を発揮できる場所を提供した。けれど肝心なのは、澪自身も居場所のない人間だったことだと思う。澪には家族の影が薄い。父親と母親はほとんど出てこないし、玉坂堂の前のオーナーであった祖父はオーストラリアで若いパートナーと暮らしているという。澪がいつも引き合いに出すのは亡くなった祖母である。あまり目立たないが、澪も実は孤独な人間なのだ。

これは孤独な三人の人間が、人形への想いによって通じ合い、肩を寄せ合う物語である。たぶん美しいものに憑かれ、その制作に身も心も捧げてしまうと、この世界での居場所を失うのだ。だからそういう人間には世知辛《せちがら》い世間からちょっとずれているような避難所が必要なのだ。

*

しかし、なぜ人形なのだろうか？

そもそも人形とはどのような存在なのだろうか？

本書を読んでいるとそのようなことを考えてしまう。

このシリーズにも繰り返し登場するテディベアやぬいぐるみであればそれほど理解は難しくなさそうだ。それらはいつでも直接触れていたいもの、親しく肌に寄り添ってくるもの、母親に優しく抱かれていた記憶を呼び覚ますもの、精神科医ウィニコットの言う「移行対象」、いわゆる「ライナスの毛布」である。誰もがつい頭に載せてしまうタコの八《はっ》つぁんもその一種だろう。

けれども、もう一つの系譜、玉坂人形堂が本来扱っていた日本人形や創作人形、球体関節人形などはまったく違った印象を与える。それらはぬいぐるみとはまた違う冷たく硬質な魅力を放ち、気安く抱きしめたり頬ずりしたりするのをためらわせる。

精神科医の藤田博史《ふじたひろし》は『人形愛の精神分析』という本に、ある人形作家（山本じん）の言葉を収録している。それは次のようなものだ。「人形は生きているのでもなくて、死んでいるのでもないと思う。ちょうどその隙間の状態のところにある。肉体と空気の隙間とか、肉体を持ったものとそうでないものの隙間とか、夜から朝になる一瞬の静かな時とか、あるいは関節のような、何かと何かの狭間で何かを繋ぐもの、のような気がするのです」。

印象的な言葉である。

関節によってかろうじて繋がれてはいるものの、いくつもの隙間によって、潜在的にバラバラに解体されている「生きているのでも死んでいるのでもない」何か。生と死の間で宙吊りになり、解体と統合の間で危うく均衡を保っている存在。優れた人形とはそのようなものではないだろうか。あるいは人形に見惚れるとき、わたしたちはひそかに眼差《まなざ》しの内側で、一体の人形をいくつもの部分対象に解体してしまっているのではないだろうか。

精神分析では、生まれたての乳児は母親を一人の身体として捉えられず、乳房や声や眼差しといった身体的断片として経験すると考える。その身体の断片を部分対象と呼ぶ。部分対象、つまり身体のかけらを通じて人間は最初の他者と出会うのだ。

乳児期を脱しても、わたしたちは恋をすると部分対象への欲望が蘇る。つまり、恋する人の指先や唇や首筋に激しく焦がれる。ちょっとした仕草に強く惹きつけられたり、直接髪の毛に触れてみたいと思うのも部分対象への欲望が亢進《こうしん》しているのかもしれない。

本書でも人形たちは身体の断片を生々しくも魅力的なものとして読者に差し出してい

る。第一話「香山リカと申します」における心臓、第二話「髪が伸びる」における髪の毛。一体の人形は、それだけで解体された身体の像を想像させる。

人形が実際にバラバラになってしまったとき、何が起こるのか。

破壊され、身体を分断された人形にはひどく不安定な、単に玩具が壊れただけと高を括《くく》れないような禍々《まがまが》しさがある。『たまさか人形堂』シリーズには毀損《きそん》された人形が何体も登場するが、その姿は、表層的には明るく軽妙なこの連作に、ふっと深淵を覗き込むような効果を与えている。

ここで思い出されるのは江戸川乱歩《えどがわらんぽ》の「人でなしの恋」のラストである。読者もご存知かもしれない。この怪奇と夢幻の物語で、破壊された人形はただ死ぬのではない。反対に身体は壊せても人形の魂は死なないというように最後まで不気味な生々しい笑いを浮かべているのである。

破壊された人形はむしろ「不死」になる。人間と違って、人形は解体されることによって終わりのない生命を解き放つ。むろんそれは、人形がもともと持っていたものというよりも、人間が勝手に見出すものであり、内側の恐怖と不安の投影である。

ここで玉坂人形堂が、ただの人形小売業でも創作工房でもなく、修復を生業《なりわい》としていることの意味があらわになる。澪と師村、冨永の三人が行っているのは、解体してしまった人形にもう一度かたちを与え、禍々しい力を鎮めることなのだ。力が鎮められ、封じられることによって、人形は美しく、可憐になる。むしろ美しいものの内部にはいつでもタナトスに近い怖ろしいほどの力があるのではないだろうか。

その意味で玉阪人形堂の物語は魂鎮めの儀式に似ている。単に物質としての人形を修理すればいいというのではない。人形とその持ち主の来歴を探り、そこに込められた感情をたどりなおし、その声に耳を傾け、もう一度身体にかえしてやる。人形に封じられた生々しい力、悲しみや怒り、恐怖や不安を安らかなものに変える。

美しいものの背後には本当は禍々しい力がある。つくり手が自らの内部で渦巻くその力を受け止め、浄化して、なんらかのかたちに造形しえたとき、それは見事な作品となる。これは〈たまさか人形堂〉シリーズばかりでなく、津原泰水のすべての作品に当てはまるように思われる。

本書は二〇一六年、文春文庫より刊行された『たまさか人形堂それから』に書き下ろしの「六　戯曲　まさかの人形館」を加えたものです。

検印
廃止

著者紹介　1964年広島県生まれ。89年より津原やすみ名義で少女小説を多数執筆。97年、現名義で『妖都』を発表、注目を集める。主な著作は〈ルピナス探偵団〉〈幽明志怪〉シリーズ、『少年トレチア』『綺譚集』『ブラバン』『ヒッキーヒッキーシェイク』など。

たまさか人形堂それから

2022年7月29日　初版

著者　津《つ》原《はら》泰《やす》水《み》

発行所（株）東京創元社
代表者　渋谷健太郎

162-0814/東京都新宿区新小川町1-5
電　話　03・3268・8231-営業部
　　　　03・3268・8204-編集部
URL　http://www.tsogen.co.jp
萩原印刷・本間製本

乱丁・落丁本は、ご面倒ですが小社までご送付ください。送料小社負担にてお取替えいたします。

ISBN978-4-488-46905-4　C0193